ARTÈRES SOUTERRAINES

Né en 1968 en Angleterre, Warren Ellis, véritable figure de la contre-culture américaine, est bien connu des amateurs de bandes dessinées pour avoir participé au renouveau du label Marvel dans les années 1990, notamment avec ses séries de comics *Transmetropolitan*, *Ultimate Fantastic Four* et *Iron Man*. Il est également scénariste pour le cinéma et compte à son répertoire les films *Red* et *Red 2*. *Artères souterraines*, son premier roman, fut très vite repéré par l'éditeur indépendant Au diable vauvert. Son dernier livre, *Gun Machine*, sera adapté par la chaîne de télévision américaine HBO sous la forme d'une série.

WARREN ELLIS

Artères souterraines

ROMAN TRADUIT DE L'ANGLAIS PAR LAURA DERAJINSKI

AU DIABLE VAUVERT

Titre original :

CROOKED LITTLE VEIN
Publié en accord avec William Morrow,
an imprint of HarperCollins Publishers

ISBN : 978-2-253-17891-0 – 1re publication LGF

À Niki et Lili, pour m'avoir supporté sans faillir
et à la mémoire de mon père.

1

J'ai ouvert les yeux pour voir le rat pisser dans mon mug. Un énorme salopard marron, le corps comme un étron sur pattes et des petits yeux ronds pleins d'une sagesse secrète de rongeur. Avec un soupir hautain, il a sauté au bas de la table et s'est précipité dans le trou du mur où il avait passé les trois derniers mois à échafauder de nouvelles tactiques pour m'emmerder. J'avais bien essayé de clouer une planche contre la plinthe, mais il l'avait rongée pour venir recracher les reliquats de bois humides dans mes chaussures. Après ce coup-là, j'avais trempé des appâts dans du coumaphène : le poison l'avait visiblement fait muter à un stade d'évolution supérieure et l'avait transformé en super-rat. Je l'avais atteint à l'œil, une fois, d'un coup de crosse de flingue bien placé, mais il s'était relevé et avait chié sur mon téléphone.

Je me suis extrait péniblement de mon sommeil et j'ai tangué dans mon fauteuil. La puanteur de pisse s'élevait en volutes de mon mug et a fini de me réveiller avec une violence désagréable. J'aurais préféré un bon café. J'ai décollé mes fesses du cuir moite du fauteuil, je me suis redressé tant bien que mal et me suis traîné, jambes raides, jusqu'aux toilettes jouxtant mon bureau. J'étais sûr qu'un de ces jours quelqu'un entrerait en trombe sans prévenir dans mon cabinet et trouverait un détective privé à poil en train de pisser dans la cuvette, la porte grande ouverte. Il fut un temps où ce genre de détails m'aurait préoccupé. C'était avant que je commence à vivre nuit et jour dans mon bureau, je crois.

Mon costume et ma chemise étaient roulés en boule sur la chaise en plastique destinée aux clients. Je l'avais volée sur Union Square, dans un resto ouvert 24 heures sur 24, à l'époque où j'étais alcoolique professionnel. J'ai soulevé la chemise et je l'ai reniflée d'une narine experte. Elle pourrait encore tenir une journée avant d'aller à la machine. Une pensée hantait cependant les coins reculés de mon cerveau : peut-être qu'elle puait la mort mais que mon odorat s'était détérioré ? J'ai tendu une manche pour en examiner l'aisselle. Jaunâtre. Mais bon, mon bureau tout entier était jaunâtre. Personne ne le remarquerait sous ma veste, de toute façon.

J'ai farfouillé dans le veston à la recherche d'une cigarette, ai fini par en dégoter une avant de reprendre place dans le fauteuil. J'ai épousseté les miettes de tabac sur le chambranle de la fenêtre et j'ai observé mon petit bout de rue new-yorkaise.

Ici, à Manhattan, l'embourgeoisement s'était arrêté à quelques portes de chez moi, à l'ouest de mon point de vue plongeant sur Avenue B. La ligne de démarcation était clairement visible. De l'autre côté de cette frontière : cuisine biafraise, fenêtres sécurisées en plastique scintillant, femmes baptisées Imogen et Saffron, hommes répondant aux noms de Josh et Morgan. De mon côté : putes à crack, bagnoles bousillées, impacts de balles dans les portes, hommes appelés Bâtards

Bouffeurs de Pères. Je mets presque un point d'honneur à vivre à proximité d'un repaire à crack, c'est comme habiter dans une zone pré-Rudy Giuliani, un reliquat de notre bonne vieille New York.

De l'autre côté de la rue se dresse un vieil immeuble où la police a envoyé plusieurs tanks pour déloger une communauté de squatters, il y a environ cinq ans. Les médias n'ont jamais fait de reportage sur les mecs du repaire à crack, à quelques pas de là, qui se massaient aux fenêtres, les croûtes de leur visage s'écrasant sur les passants en contrebas, et qui acclamaient les policiers et les félicitaient de débarrasser leur quartier de ces fils de pute de squatters merdiques. Vous croyez que les tanks seraient venus pour le repaire à crack ? Mon cul, oui.

J'étais nouveau dans le coin, à l'époque. Tout émoustillé à l'idée de devenir détective privé dans une grande ville. J'avais vingt-cinq ans, encore dans la peau du surdoué de l'agence principale de Pinkerton à Chicago où j'avais officié depuis mes vingt ans. Je comptais désormais voler de mes propres ailes, me lancer dans un truc plus indépendant et plus vrai, changer la vie des gens.

Tout a commencé à déconner dès le deuxième jour, quand le peintre chargé d'inscrire mon nom sur la porte du cabinet a fait une faute d'orthographe et s'est barré avant que je ne le remarque. Aux yeux du monde entier, je suis désormais MICHAEL MGIL QUÊTEUR. C'est invariablement la première phrase de chaque rendez-vous. « Non, mon nom, c'est McGill. »

Il y a six mois de ça, un connard a gratté le EN d'ENQUÊTEUR avec ses clefs. Je n'ai franchement pas le temps de m'emmerder avec ça. Et puis, avec le peu de boulot que j'ai, je peux tout aussi bien me contenter d'être quêteur. Tous les deux jours, je descends à la cabine au coin de la rue et je laisse un message sur mon répondeur pour m'assurer qu'il marche encore.

Je n'ai pas de secrétaire. Parfois, je branche le modificateur de voix que j'ai acheté cinq dollars sur eBay et je me fais passer pour ma secrétaire. C'est plutôt triste.

J'ai exhalé un nuage rance de fumée de clope contre la vitre et j'ai baissé le regard vers les passants dans la rue. Je me demandais quoi faire. J'étais presque sûr qu'on était samedi, alors rien ne m'obligeait à rester là pour faire croire que j'avais une carrière. D'un autre côté, je n'avais nulle part où aller. J'aurais pu exhumer mon vieil ordi portable et surfer sur le Net pour lire des trucs sur la vie des autres, mais je craignais d'ouvrir ma boîte mail.

Peut-être, ai-je pensé, qu'il était temps de sortir du bureau, de me chauffer les os au soleil et de tout balancer aux orties.

Des gamins jouaient sur le trottoir, chose que je ne voyais pas très souvent depuis ma fenêtre. J'ai réfléchi et observé, tendant la main vers mon mug par pur réflexe tandis que je me laissais aller à un enchaînement d'idées.

Je me rends compte aujourd'hui que si je n'avais pas remarqué l'homme en noir au bout de la rue à cette seconde précise, je serais encore en train de me brosser les dents à l'eau de javel.

Mais je l'ai remarqué. Un parfait stéréotype de Men in Black, lunettes de soleil, oreillette et visage impassible.

Et un autre, en bas de la rue.

Je me suis penché. Un troisième attendait devant la porte de mon immeuble.

Et ils regardaient tous vers ma fenêtre.

« Bon, tu savais bien que ça finirait par arriver », me suis-je dit parce qu'il n'y avait personne d'autre dans la pièce pour me lancer une vanne.

Une voiture noire s'est rangée sous ma fenêtre. Mon bureau est au cinquième étage. Il me faut six minutes, dans mon état lamentable, pour monter les escaliers. Comptez-en trois pour un homme en condition physique normale. C'était le temps qu'il me restait pour m'habiller et trouver une idée intelligente.

Mais j'ai perdu trente secondes terrifiées à observer la voiture vomir trois autres personnes qui se sont engouffrées dans le bâtiment.

Dans ma précipitation, j'ai failli mettre mon pied dans l'entrejambe de mon pantalon. Aucune idée de qui ils pouvaient être, ni de ce qu'ils voulaient. Mais une intuition et un instinct de survie inné me chuchotaient, Mike, tu as plutôt intérêt à courir direction TRÈS LOIN. Trois boutons de chemise fermés, que les trois derniers aillent se faire foutre, planquer la cravate dans ma poche, enfiler ma veste, manquer de me péter la cheville en mettant mes chaussures. Atteindre la porte, moitié en courant, moitié en me vautrant. J'ai laissé mon flingue dans mon tiroir. J'ai besoin de mon flingue. Je suis sûr d'avoir besoin de mon flingue. Me précipiter jusqu'au bureau, m'asseoir sur le fauteuil collant, ouvrir le tiroir inférieur gauche où je range mon arme. Et la porte s'est ouverte. La porte de mon agence.

Deux hommes ont traversé la petite salle d'attente puis sont entrés, les yeux baissés sur moi, les bras tendus et les deux mains serrées sur d'énormes pistolets. Ils ont sautillé et tourné dans mon bureau comme des marionnettes de gangsters. L'un d'eux a interrompu le spectacle en levant la main droite à sa bouche pour parler dans sa manche.

« La voie est libre. L'aiguille peut pénétrer. »

Un homme osseux à la peau comme du cuir est entré d'un pas rapide dans mon bureau, vêtu d'un costume qui ne semblait pas lui aller vraiment. Les men in black l'ont laissé passer avec déférence et sont sortis en fermant la porte derrière eux. Je me retrouvais soudain seul face à cet homme, dont le visage me rappelait vaguement quelqu'un.

Il s'est installé dans la chaise réservée aux clients et m'a regardé d'un œil revêche.

« Vous savez qui je suis, mon garçon ? »

Sa voix collait à merveille avec son allure d'outre-tombe. Je l'avais déjà vu aux infos, mais ce n'était pas un homme taillé pour les apparences télévisées.

« Vous travaillez pour le président, c'est ça ? »

Il a acquiescé.

« Je suis le chef de cabinet du président des États-Unis. Et vous, vous êtes Michael McGill. Je peux vous appeler Mike ?

— Non, mon nom c'est… » Pur réflexe. Avaler sa salive, changer de stratégie. « Mike, ça me va. » Je me suis affalé dans mon fauteuil. « Il faut vraiment que j'arrive à me réveiller. »

Le demi-centimètre carré de mon cerveau qui fonctionnait en cet instant évaluait les diverses possibilités. C'est un gag. Non, c'est bien lui. Pourquoi est-ce que le chef de cabinet de la Maison Blanche se retrouve seul dans une pièce face à un homme qui possède, ils le savent forcément, un flingue ? Non, non, je mets la charrue avant les bœufs : pourquoi est-ce qu'il est planté là à me regarder ? Avec ses yeux si pâles qu'on dirait du blanc sur blanc ? Putain, il est pas comme à la télé, c'est un vieux machin flippant, dans la vraie vie…

« Vous me regardez bizarrement, mon garçon. »

J'ai souri, hoché la tête.

« C'est fou, les effets qu'a la télé sur nous. On entend les mots "chef de cabinet" et on s'attend à tomber sur John Spencer de la série *À la Maison Blanche*, vous voyez ? Vous n'êtes sûrement pas l'homme exceptionnel de Chicago qui souffre d'alcoolisme, hein ?

— Oh, ça non. Moi, je marche à l'héroïne, mon garçon.

— C'est ça, oui.

— J'ai un boulot stressant. C'est comme ça que je me détends. J'aime aller dans un petit hôtel et me faire un fix. M'allonger sur le lit et sentir mes intestins se dénouer lentement. »

Il s'est adossé à la chaise et a poussé un soupir de plaisir, comme s'il se glissait dans un bain chaud.

« J'adore rester sur le lit, nu, pendant que mes intestins se libèrent sur les draps, et hocher la tête devant les défilés sur Fashion Channel. Toutes ces nanas squelettiques et défoncées. Des visages d'anges sur des corps d'Éthiopiennes. Je trouve ça très sexy, mon garçon. On ne peut pas dire que j'ai un boulot facile, et je trouve qu'on devrait me lâcher la grappe. Des anges-héroïnes qui paradent pour moi. Enya en fond sonore. Ils passent beaucoup de chansons d'Enya sur Fashion Channel. Des régiments entiers d'anges-héroïnes qui font la queue dans des salles d'essayage sans fin, qui se piquent avec élégance entre leurs orteils délicats, sur fond de bande originale d'un documentaire télé anglais sur les Celtes. Vous devriez essayer. C'est poétique. »

Il a fermé les yeux, un sourire béat étalé comme une ancienne blessure rouverte sur son visage tanné.

« Dans ces instants, mon garçon, je suis aussi beau qu'elles, si on ignore bien sûr les crottes de lapin sur le dessus-de-lit : de simples chocolats déposés sur l'oreiller par les dévouées femmes de chambre de mes intestins. Parfois, je me relève et je danse, j'éparpille les offrandes de mes entrailles sur les tapis édouardiens, sourd aux hurlements des femmes de ménage et des prêtres qu'ils font venir. "Appelez la Maison Blanche", je leur dis. "C'est moi qui contrôle la bombe nucléaire." Tout ça pour vous dire : Je suis bel et bien accro à l'héroïne, mais je suis aussi l'homme le plus puissant du monde et vous devriez m'écouter attentivement. »

Il n'a pas rouvert les yeux. Le flingue était dans le tiroir de mon bureau. À dix ou quinze centimètres de ma main. C'était tentant. Même si je n'avais pas encore décidé sur lequel de nous deux le braquer.

« Oh, pour vous écouter, je vous écoute. Dans la mesure où je me demande vraiment ce que vous foutez ici.

— Je suis ici parce que vous êtes un aimant à merde, mon garçon. »

Ça faisait partie de ces moments étranges où on cherche un juron sans pouvoir en trouver un suffisamment violent.

« Tout vous tombe dessus, mon garçon. Le pire truc que l'on puisse imaginer surgit de nulle part et vient pisser sur vos chaussures, pas vrai ? C'est un talent très particulier. C'est ce qui vous procure du boulot en tant que détective et, dans certains cercles, vous êtes connu pour retrouver des diamants au sommet de ce gratte-ciel éclaboussé de merde qu'on appelle la culture underground américaine.

— Vous n'auriez pas plutôt un divorce ? Un chien perdu ? Des clés d'appartement égarées ? »

Je ne crois pas avoir laissé entendre les sanglots dans cette dernière question.

« C'est pour les gens ordinaires, ça, mon garçon. Vous, vous êtes très particulier.

— Je suis surtout très malchanceux. Vous savez qu'on m'a confié une affaire d'adultère, l'an dernier ? Et vous savez ce que faisait le mari, ces soirs-là ? Il avait fondé une sexo-secte qui s'introduisait par effraction dans un élevage d'autruches à minuit trois fois par semaine. Vous savez ce qu'on ressent, quand on découvre huit mecs entre deux âges en pleine séance de sexe tantrique avec des autruches ? »

Le chef de cabinet a émis un bruit compatissant qu'il avait dû tirer d'un talk-show.

« Je n'ai aucune idée de ce qu'on est censé faire dans ce cas-là.

— Cette image est restée imprimée dans mon cerveau pendant deux mois. Je n'arrivais plus à faire l'amour. Ma copine est venue au lit un soir, elle portait un boa à plumes, j'ai éclaté en sanglots. Elle m'a quitté pour une autre femme qui s'appelle Bob et qui fabrique des godemichés en forme de pénis de dauphins.

— C'est triste, mon garçon.

— Bob s'est fait des implants capillaires sur la poitrine. Elles m'ont envoyé les photos.

— Je suis désolé pour toutes vos souffrances. Mais ça prouve à quel point vous êtes l'homme idéal pour ce travail.

— Je ne suis l'homme idéal pour aucun boulot. Si vous tenez à me traiter d'aimant à merde, d'accord, je suis un aimant à merde. Mais je suis aussi l'enculé le plus malchanceux que vous ayez jamais rencontré. Je suis obligé d'accepter ce boulot parce que je ne peux rien faire d'autre, mais comprenez-moi bien, je ne cherche pas à me mettre dans la merde.

— Non. C'est la merde qui vous trouve. C'est pour ça que vous êtes parfait pour cette mission. Nous avons besoin que vous retrouviez un objet, et nous avons déjà épuisé toutes les méthodes orthodoxes. Il y a un livre qui se balade quelque part dans la nature et nous devons remettre la main dessus.

— Vous avez essayé les objets perdus ? » ai-je demandé avec espoir.

Et à cet instant précis, j'aurais bien eu besoin d'une machine à remonter le temps, histoire de revenir dans le passé pour me tirer une balle dans la tête.

« C'est un objet, certes, et il est perdu. Disparu dans les années 1950, en fait. Nixon l'a échangé contre les faveurs d'une Chinoise qui vivait sur une péniche dans la baie de San Francisco. Depuis, il passe de main en main. Il faut le rapporter à la Maison Blanche. »

Une piste vieille de cinquante ans. Voilà qui annonçait un vrai boulot de détective. Ça m'attirait étrangement. C'était l'essence même de ce travail, me semblait-il. Pas comme braquer un faisceau de lampe torche sur un gros directeur de banque penché sur une autruche défoncée au Rohypnol.

« J'ai besoin d'en savoir plus sur ce livre.

— Oui, bon. C'est là que ça se complique. Techniquement, c'est un truc top secret. J'ai apposé votre nom sur un document signé qui vous autorise à être au courant de ce qui va suivre, sous peine de mort dans le cas où ces infos quitteraient votre secteur d'investigation.

— Pardon ?

— Si vous ouvrez la bouche, le Bureau de la sécurité intérieure vous change en brouillard rose. Ce sera mission Choc et Effroi, compris ? »

Il m'a fallu une bonne minute. Pour me faire à l'idée que ma signature avait été contrefaite sur un document de la Maison Blanche. D'après mon expérience, les gens en position de force ne mentent jamais. Ils n'en ont pas besoin. Je me suis agité sur mon fauteuil, j'ai esquissé un petit sourire et j'ai tenté de parler mais je n'ai pu émettre qu'un son étouffé. Le chef de cabinet a eu l'air de prendre ça pour un oui. Ou bien a-t-il décidé que j'étais suffisamment effrayé.

« Nous avons besoin que vous retrouviez la seconde Constitution des États-Unis. »

J'ai pris soin de maintenir l'expression de mon visage en mode neutre et composé. Enfin, professionnel, vous voyez.

« C'est un document secret rédigé par plusieurs des Pères fondateurs. Il met en lumière leurs véritables intentions pour la société américaine, il contient vingt-trois amendements qui ne peuvent être lus que par le président, le vice-président et le chef de cabinet. C'est un petit volume écrit à la main et soi-disant relié avec la peau d'une entité extra-terrestre qui aurait inspecté le cul de Benjamin Franklin pendant six nuits à Paris, au cours d'un de ses voyages en Europe. Mais Benjamin Franklin n'était pas qu'un auteur nunuche qui se contentait d'écrire des romans sentimentaux sur des aliens lui insérant des objets dans le rectum, tu sais. Le septième soir, il s'est rebellé et il a tué le petit enculé d'un seul coup de poing. »

Je n'osais pas bouger. Je me sentais comme séquestré face à une fouine furieuse avec les tétons badigeonnés de détergent. Un seul faux mouvement et elle cesserait de se griffer à mort sous vos yeux pour s'attaquer directement à vous et changer votre tête en moignon.

Il ne s'arrêtait plus de parler. C'était affreux.

« La reliure du livre est alourdie par des fragments de météorite. Le façonnage est tel que, lorsqu'il est ouvert sur une table, le livre émet une onde infrasonique inaudible par l'oreille humaine. Il vibre brièvement à dix-huit hertz, la fréquence naturelle d'oscillation perceptible par l'œil humain. »

Il a bondi en avant et m'a dévisagé d'un œil fanatique.

« Est-ce que vous *comprenez* mon garçon ? Est-ce que vous *voyez* ? *C'est un livre qui vous oblige à le lire.* Il prépare vos yeux à l'intégration des *données.* »

J'ai plongé mon regard dans le sien et j'ai imité sa posture pour essayer de l'apaiser, lui faire comprendre que j'étais de son côté. J'étais conscient du tremblement de ma main et il me fallait faire redescendre cette situation sur terre, par n'importe quel moyen.

« Très bien, Monsieur. Vous avez égaré un document historique précieux —

— C'est bien plus que ça. Je veux que vous *appréhendiez* ces informations. Nous avons besoin de ce livre. Comment vous le dire autrement ? Aimez-vous vivre aux États-Unis, Mike ?

— Oui, je crois. Je n'ai jamais vécu ailleurs.

— Vous ne trouvez pas que l'Amérique a changé ? Qu'il était plus agréable d'y habiter jadis ?

— Eh bien. Oui, c'est sûr, j'ai vu l'Amérique changer. En bien ou en mal, ça, je n'en sais rien. Les années 1980, je ne m'en souviens pas comme d'une grande partie de plaisir. Et les années 1990 se sont contentées de passer, vous voyez ?

— Ouais. Vous êtes jeune. Vous ne comprenez pas. Quand j'étais gamin, Mike, ce pays était pur et vertueux. Confiant dans la certitude d'avoir défié le mal à l'état pur et de l'avoir vaincu. Tous les hommes valides d'Amérique avaient été entraînés à tuer et à manier des armes à feu. Je pouvais aller à l'école à pied sans craindre de me retrouver nez à nez avec des fétichistes qui s'injectent de la solution saline dans les testicules. Au passage, il ne faut jamais faire confiance à ces gens-là. Ne l'oubliez pas. Le pays change, Mike, année après année, jour après jour. Regardez ce qui passe à la télé. Regardez dans les magazines et les journaux. Regardez ce que les gens postent sur Internet. Ce ne sont pas des perversions secrètes, Mike. Ce n'est pas comme le Dr Sawyer et la collection de langues de Noirs qu'il cachait dans une étrange petite maison à la périphérie de la ville quand j'avais douze ans. Tout ça Mike, c'est le courant culturel dominant, maintenant. C'est la vie en Amérique. Seconde après seconde, notre pays devient toujours plus répugnant. Nos frontières, Mike, contiennent désormais les neuf cercles de l'Enfer. »

Il semblait soudain très petit et solitaire.

« Depuis la perte de ce livre, Mike. Tout a commencé quand ce livre a disparu. Nous devons le retrouver. Nous devons l'étudier et appliquer ses amendements pour rendre à l'Amérique sa beauté d'antan. »

J'ai pris une longue inspiration. Les trente prochaines secondes allaient me sauver ou me tuer.

« Vous vous rendez compte que je n'en ai rien à foutre, pas vrai ? »

Je voulais, je ne sais pas, qu'il réagisse comme si je venais de le flinguer, ou qu'il appelle ses sbires pour me butter, n'importe quoi pour me détacher de ce crochet auquel j'étais fixé.

Il n'était pas censé sourire comme ça.

« Nous le savons, a répondu le chef de cabinet d'un ton joyeux. C'est ce qui a déterminé notre choix. Vous voyez, Mike, nous avons besoin d'un balai à chiotte humain qui n'a pas peur de plonger dans la cuvette qu'est l'Amérique. Nous n'avons que faire d'un homme qui se contenterait de ramper sur la lunette et exigerait qu'on tire la chasse ou qu'on ajoute un bloc de Canard WC. Il nous faut quelqu'un qui soit heureux de patauger dans les étrons. Quelqu'un qui se foute de tout mais qui fasse son boulot. Que vous soyez une sorte de mutant moral sans aucun amour pour la patrie qui vous a engendré est, bizarrement, ce qui vous donne un sérieux avantage dans cette affaire. »

Je me suis enfoui le visage entre les mains.

« Oh, super », ai-je marmonné. Ou « Oh, seigneur. » L'un des deux.

« Souriez, mon garçon. D'ici cinq minutes, votre compte en banque sera lesté d'un demi-million de dollars, disponible immédiatement au retrait. C'est à vous, non remboursable. Exempt d'impôts, aussi. »

Je sentais mon visage se tordre malgré moi en un sourire bancal. Ma mère avait l'habitude de dire : « Je ne sais pas si j'ai envie de rire ou de pleurer. » Elle employait cette expression quand la police venait nous apprendre que Papa avait encore été retrouvé nu dans un lieu public. Parfois j'en riais, parfois j'en pleurais, mais jamais je ne me sentais tiraillé entre les deux. Et je me demandais si ma mère n'était pas plus folle que mon père, pour dire une chose pareille. Mais en cet instant précis, c'était vrai : je ne savais pas si j'avais envie de rire aux éclats (parce que c'était vraiment en train de m'arriver, ou parce qu'il déconnait), ou d'éclater en sanglots sur-le-champ (parce qu'il l'avait vraiment fait, ou parce qu'il me mentait). Je ne savais plus que croire, ni comment réagir. J'en voulais à ce vieux con de m'avoir poussé à ressentir tout ça.

Il a glissé la main dans la poche intérieure de son veston pour en sortir un truc plat en plastique noir qu'il m'a tendu. Je l'ai pris avec méfiance et j'ai exploré du bout des doigts le bouton sur le côté. Un mécanisme s'est enclenché et l'objet s'est déplié en ordinateur de poche à clapet.

« Il est à vous », a fait le chef de cabinet tandis que l'appareil s'éveillait avec un sifflement entre mes mains, son long écran s'illuminant d'un blanc éclatant. « Il contient toutes les pistes en notre possession et il est équipé d'un accès sans fil à Internet. Il est connecté à un système sécurisé du département du Trésor qui met votre machine à jour en continu.

— Vous m'envoyez dans la nature avec un demi-million de dollars et ce machin ?

— Oh, je viendrai vous rendre visite de temps à autre, quand j'aurai du nouveau. Ou pour voir simplement comment vous allez, où vous êtes. Imaginez que vous êtes Dante et que je suis votre Virgile. »

Cette idée l'amusait à n'en plus finir. Son rire était sec, rauque et aigu, le ricanement d'un squelette.

Il s'est levé et a remis en forme son costume flottant sur son corps maigrelet.

« Souriez, mon garçon. Vous êtes impliqué dans un travail capital. Tout est différent, à présent. Vous œuvrez pour le plus glorieux des objectifs. Vous allez nous aider à sauver l'Amérique. »

Ses yeux brillaient comme des pièces de monnaie neuves.

« À la sauver d'elle-même. »

Je me suis rendu compte que le chef de cabinet s'apprêtait à partir. J'ai bondi de mon fauteuil.

« Attendez. Je n'accepte pas les commissions aussi facilement. J'ai besoin de, j'ai besoin de, d'un moyen de vous contacter, d'un briefing plus long, de quelque chose…

— Tout est dans la machine. Dans quelques minutes, vous aurez une avance sur frais que vous pourrez utiliser à votre guise. Vous pouvez me contacter par la messagerie sécurisée, et je vous contacte quand je le juge nécessaire. Soyons des hommes : vous savez que je vous surveillerai. »

Il m'a tendu sa main, longue et puissante. « Bonne chasse, Monsieur McGill. » Je lui ai rendu son salut. Je sentais les petits os bouger sous mon étreinte, comme s'il n'était fait que de cuir et de brindilles.

Il m'a adressé un hochement de tête rapide, puis il a fait volte-face avant de sortir.

J'ai fixé la porte fermée pendant une minute. Je me suis rassis lourdement et j'ai regardé par la fenêtre. Les hommes en noir semblaient se désagréger. J'ai observé la rue un moment encore. Le chef de cabinet et son équipe de sécurité sont sortis de mon bâtiment. Il s'est arrêté. Il a levé les yeux vers moi. Son visage s'est fendu en un sourire atroce. Son équipe l'a fait monter en voiture puis les hommes ont disparu, partis, invisibles, comme s'ils n'étaient jamais venus.

Sauf que j'avais un ordinateur de poche flambant neuf sur mon bureau.

Une pensée m'a traversé l'esprit. J'ai rouvert l'appareil, j'ai cliqué sur l'icône d'Internet avec mon ongle et j'ai saisi une adresse sur le clavier numérique en mode QWERTY. Ma banque a un service en ligne que je préfère utiliser, plutôt que d'entendre rire les banquiers quand ils m'annoncent le solde de mon compte. J'ai entré mon code secret et j'ai attendu.

J'avais un demi-million de dollars sur mon compte. En fait, j'avais cinq cent mille trois dollars et quarante-deux cents. Les trois dollars et quarante-deux cents constituaient le montant total de ma fortune lorsque je m'étais réveillé ce matin-là.

J'ai reposé l'ordinateur avec un bruit mat sur le bureau, juste à côté du mug de pisse refroidi. Voilà. J'avais la plus grosse avance sur frais de ma vie pour une seule et unique mission, et le boulot le plus taré, aussi. Trouver un livre perdu depuis cinquante ans. S'il avait jamais existé. Une Constitution secrète des États-Unis. Des amendements invisibles. Et merde, je n'aurais même pas su vous dire combien il y avait d'amendements visibles.

J'avais un demi-million de dollars. Pour une chasse au dahu. Un demi-million de dollars, à moi tout seul, et que je ne dépenserais en rien d'utile.

2

Je suis resté assis là une demi-heure, à réfléchir. Enfin, à essayer de réfléchir. Dans une sorte d'état second où une quantité de mots virevoltaient dans mon esprit sans pour autant former des phrases. Les murs se rapprochaient. J'ai remué dans mon fauteuil et je me suis aperçu que mes phalanges s'étaient bloquées, que mes muscles se contractaient en nœuds de stress. J'ai enfilé ma veste avec difficulté, comme un phasme qui lutterait pour mettre un gilet de sauvetage, puis je suis sorti faire un tour.

Une fille aux cheveux bleus était assise en tailleur au coin de la rue. Ses mèches tombaient dans son dos en une masse de dreadlocks épaisses et frisées, comme si on lui avait cloué une douzaine de bébés aliens sur la tête. Elle était vêtue de ce qui me semblait être un arrangement artistique de morceaux de tissus censés ressembler à des haillons, plutôt que de vrais haillons loqueteux de sans-abri/déglingués. Tissu écossais, cachemire, des motifs qui auraient dû avoir leur place sur le papier peint d'une chambre de gosse, tout un tas de trucs qui paraissaient avoir été arrachés à un clown, couteau sous la gorge. Elle avait le dos tourné et, alors que j'approchais, je m'attendais à voir un chapeau devant elle, ou un petit carton avec écrit à la main BESOIN

D'ARGENT POUR NOURRITURE/DROGUE/POIGNARDAGE DE CLOWNS. Quand je l'ai contournée, j'ai vu qu'elle était simplement assise là, les yeux fermés, mains sur les genoux, parfaitement immobile et sereine.

Elle avait… eh bien, j'ai cru au départ que c'était du maquillage autour de l'œil. Un cercle imprécis, une sorte de patch rond comme on en voit cousus sur les ours en peluche ou les vieux jeans. Elle a paru revenir à elle quand je suis passé à proximité ; elle a souri comme si elle se réveillait à peine et elle s'est passé la main sur le visage. L'encre du dessin n'a pas coulé. C'était un tatouage.

Elle s'est frotté les yeux puis a posé le regard sur moi, m'adressant un sourire doux. « Salut, a-t-elle murmuré.

— Vous allez bien ?

— Je vais bien. Pourquoi j'irais mal ?

— Vous dormez assise à un coin de rue.

— Je ne dormais pas. J'écoutais.

— Vous écoutiez quoi ? »

Elle a fait un geste du menton en direction de la chaussée, sans perdre son sourire serein.

« La circulation. Assieds-toi avec moi. »

Elle a tapoté l'asphalte à côté d'elle. Vu que ma journée ne pouvait pas être plus bizarre, je me suis dit Et merde, et je me suis installé près d'elle.

Elle a refait un geste de la tête vers la rue. « La circulation. J'écoute la circulation.

— Et qu'est-ce qu'il y a de si intéressant à écouter, dans le bruit des voitures ? Est-ce que c'est encore une de ces performances d'artistes que je ne pige jamais ? »

Elle a ri, c'était un rire doux et long, comme les bouillonnements d'un ruisseau. Elle ne dégageait aucune tension. Rien, à mon sens, ne pouvait créer une ride dans la piscine de relaxation qui l'entourait. Assis à ses côtés, je sentais les nœuds se desserrer peu à peu dans les muscles de mon dos.

« Non. Enfin, pas vraiment. J'écoute l'avenir.

— L'avenir.

— Que sais-tu des cultures amérindiennes ?

— Juste l'essentiel, qu'on les a empoisonnés avec des couvertures infectées. Je me demande toujours pourquoi on ne s'offre pas des couvertures miniatures en cadeau à Thanksgiving. »

Elle a presque froncé des sourcils. « C'est horrible.

— Désolé. » C'était sorti malgré moi. Soudain, je n'avais aucune envie de les perturber, elle et sa zone de non-tension.

« Les chamans amérindiens cherchaient à entendre l'avenir dans les bruits émis par les chevaux. Ils le prédisaient en fonction des séquences des coups de sabots sur le sol. Ils s'asseyaient comme nous, et ils écoutaient. À l'époque, les chevaux représentaient leur monde, le véritable son du mouvement, et ils pensaient que leur cheminement sur terre laissait transparaître des bribes d'un temps futur. Des pressentiments de ce qui devait être.

— Je ne vois pas de chevaux.

— Alors, tu ne regardes pas comme il faut. » Elle a souri, indulgente. « C'est le bruit de notre monde en mouvement, là. Les voitures. Le martèlement des sabots s'est transformé, c'est l'endroit où le caoutchouc rencontre l'asphalte. Moi, je suis une Américaine nouvelle : ma famille est venue en bateau d'Espagne il y a cent ans à peine. Mais ça ne veut pas dire que je ne peux pas apprendre des peuples qui vivaient ici. En fait, je crois même que c'est mon devoir d'apprendre d'eux, si je veux rester ici et prendre soin de ces terres. Au moins pour réparer les conséquences de vos couvertures infectées de variole, pas vrai ? Alors, voilà, je m'assieds là. Une chaman américanouvelle qui lit l'avenir dans le bruit des voitures. »

Dans l'étrangeté de mon quotidien, son discours était d'une insanité plutôt bénigne. Et je me plaisais dans son aura sereine. J'ai relevé les genoux et me suis assis en tailleur comme elle ; on est restés là comme deux clodos zen, au coin de la rue.

« Qu'est-ce que tu entends ? » lui ai-je demandé.

Elle a incliné la tête en direction du brouillard métallique régulier qui accélérait devant nous. Elle s'est contentée d'écouter. Au bout d'une minute, elle a lâché un petit rire.

« Quoi ?

— Je déteste ce que je vais te dire. Je risque de passer pour une mauvaise diseuse de bonne aventure.

— Vas-y.

— Tu pars pour un long voyage, Mike.

— Oh, non. Ne me dis pas qu'il y a aussi un grand et bel étranger au teint mat. »

Elle a pouffé. « Je crois que c'est toi, le grand étranger bronzé. Mais non, tu pars pour un long voyage. Tu auras traversé le pays tout entier avant d'en avoir terminé. Et toi-même, aussi. Ça te paraîtra étrange. Mais ce n'est pas une mauvaise chose. Le voyage, c'est bien.

— Tu voyages beaucoup ?

— Je ne fais que ça, a-t-elle répondu en me lançant un coup d'œil. Regarde mon visage. Je n'ai ma place nulle part. Je ne peux pas décrocher de boulot, ni acheter de maison, je ne peux faire aucun des trucs auxquels on doit aspirer. Quand je me suis fait faire ce tatouage, je savais que je dessinais une ligne tortueuse entre la société et moi-même. Mais ça ne me gêne pas. Ça m'oblige à ne jamais baisser les bras. Ça m'empêche de me satisfaire de l'ordinaire. Tu ne devrais pas te contenter de l'ordinaire, toi non plus. Tu es original. Je sais que tu n'entends pas le futur, mais il vient à toi quoi qu'il arrive, pas vrai ?

— Je n'appellerais pas ça le futur, moi.

— C'est parce que tu ne l'entends pas.

— Attends une minute, ai-je dit avec la vague impression d'avoir loupé un épisode. Je viens de penser à un truc.

— Quoi ?

— Je ne t'ai jamais dit mon nom.

— Non, a-t-elle fait avec un sourire. Tu ne me l'as pas dit.

— Il faut vraiment que j'y aille », ai-je conclu en me levant, soudain refroidi.

Elle a levé les yeux vers moi. « Oui, il le faut vraiment. Tu viens de toucher pas mal d'argent. Dépenses-en un peu pour toi avant d'avoir à le dépenser pour le nécessaire. Tu n'es pas obligé de commencer ton périple à l'instant. Profites-en un peu.

— Ça me fait penser à une vieille chanson.

— Laquelle ?

— *Enjoy yourself. It's later than you think.*

— C'est vrai, a-t-elle ajouté, le regard rivé sur la circulation. Il est toujours bien plus tard qu'on le croit. Je ne serai plus là demain. Toi non plus. Va boire un coup. »

3

Une heure plus tard, je suis entré dans un bar de Bleecker Street et j'ai hurlé : « Allez, cent verres, c'est pour moi ! J'ai dit pour *moi*, tout *seul !* »

Oh, qu'est-ce qu'ils m'ont mis dans la gueule.

4

Dimanche, je me suis installé au Z Hotel où les portiers s'habillent en ninjas et frappent les passants pauvres dans les boules à coups d'épée en bois.

J'ai passé la journée à lire les informations contenues dans l'ordinateur, entre deux abus atroces de service de chambre et tous les films que je pouvais supporter sur la chaîne porno payante Filth-O-Vision. J'ai découvert que le sexe hétéro n'avait pas changé d'un poil pendant mon séjour dans la prison de chasteté que m'avait imposée le monde mais, apparemment, les hommes comme les femmes aiment la sodomie. Et plus personne n'utilise de préservatif pour éviter une grossesse, depuis qu'il est possible d'éjaculer dans les narines d'une nana.

Il y avait même un documentaire sur l'industrie du porno en *programmation bonus*, collé entre deux films de boules. Une fille squelettique aux jolis yeux et avec les dents d'une fumeuse de quatre-vingt-dix ans caquetait devant la caméra et expliquait qu'au cours d'un tripotage avec une coactrice, son « bras était entré jusque-là, putain ! C'était mortel ! » Assis tout nu, à l'exception de quelques miettes de pop-corn, je me suis gratté le ventre et j'ai imaginé quelques secondes la portée érotique d'un avant-bras apparaissant soudain sous la peau de mon abdomen. Pas moyen.

Sur le plan suivant, un homme mince vêtu d'une veste qu'on lui avait forcément conseillé d'acheter pour lui faire une mauvaise blague était installé devant la caméra, caressant d'une main délicate ses cheveux permanentés en 1983. C'était un de ces mecs bizarres qui semblaient n'avoir un menton que sous certains angles de prise de vue. Quand il inclinait la tête, son menton se transformait en un canapé minuscule posé deux centimètres au-dessus de sa clavicule. On le décrivait comme le plus grand acteur X américain, et il représentait soi-disant une triple menace en tant que producteur, scénariste et bite aguerrie dotée d'un corps humain. S'il était convaincu d'être également le plus grand génie de la comédie américaine (« J'ai deux voix comiques. C'est plus que la plupart des gens. John Cleese n'a qu'une voix comique »), il n'était pas complètement idiot. Il a eu un de ces moments à la Kim Jong-Il où il affirmait avoir inventé la sodomie, mais il a ajouté un truc intéressant, après.

« La sodomie, c'était avant-gardiste. C'était pas une pratique commune, c'était pas mainstream. Y a eu aussi une époque où l'éjaculation faciale était avant-gardiste. En réponse aux scènes d'éjaculation, tous les films porno ont fini par inclure une scène d'éjac. Et maintenant, on a les bukkake. C'est pareil avec la sodomie. Ça a fait un choc, la première fois qu'on en a montré, et maintenant, on voit des sodomies dans tous les films. Le public gobe tout ça et dit, Qu'est-ce qu'on va avoir ensuite ? Qu'est-ce qu'on a de nouveau ? Toutes ces pratiques qu'on a cachées pendant des années, elles sont devenues mainstream, aujourd'hui. Et vous savez quoi ? Un film est sorti en Angleterre l'année dernière, un film d'art adapté d'un genre de roman. Il y avait des fellations. L'actrice – et je parle d'acteurs normaux, pas d'acteurs X – a dû sucer son partenaire à l'écran. Le porno a déjà franchi les frontières, mon pote. On représente une pratique courante en Amérique. Si les gens veulent vraiment s'inquiéter, dites-leur de s'inquiéter de ce qui va suivre. De ce qui vient après nous. »

Je n'avais aucune idée de ce que pouvait être un bukkake et je n'avais pas envie de le savoir. Mais le reste me rappelait le discours tenu hier par le chef de cabinet. Les choses qu'on ne pouvait même pas concevoir dans les années 50 étaient désormais terre à terre dans notre quotidien de l'an 2000.

D'ailleurs, pourquoi est-ce qu'on dit l'an deux mille, et pas les années zéro-zéro ? Il me faudrait plus de bière pour la résoudre, celle-là.

Les employés du service de chambre m'ont supplié de ne plus ouvrir la porte uniquement vêtu de popcorn.

J'ai raccroché le téléphone, ramassé l'ordinateur et me suis affalé dans le canapé.

À en croire les documents stockés dans l'appareil, au cours des deux dernières années on avait mis sur l'affaire toutes les agences secrètes génératrices de paranoïa. Le FBI, la CIA, la NSA, même l'ISA qui avait été instaurée, je le savais, dans les années 70 par Carter et qui rassemblaient les agents spéciaux du président. Beaucoup de rumeurs, de rapports d'enquêtes, de bruits de couloirs et de conneries, et une kyrielle de pistes loupées à quelques mois ou quelques années près.

Le livre ne restait jamais longtemps entre les mains d'une personne. Il était visiblement considéré comme un bien à forte valeur de troc. La mystérieuse Chinoise de San Francisco avait initié le jeu en donnant le bouquin à un hôpital privé un peu louche en échange d'une trépanation multiple. On lui avait percé de minuscules trous dans la tête, juste au-dessous de la ligne d'implantation des cheveux, pour lui permettre en théorie d'émettre une radio mentale hypnotique. Elle est morte au Guatemala en 1985, en compagnie de quatre-vingt-huit personnes citées dans le magazine *Fortune 500* qui avaient toutes eu l'occasion de la connaître sexuellement.

Le livre est resté six mois au Texas avant d'être remis à un inconnu œuvrant pour la NASA, en échange d'un implant neurologique expérimental. Une note insistait sur le fait qu'un tel brevet existait réellement, qu'il avait été revendiqué par la NASA : c'était une radio à deux fréquences, plus petite qu'une pièce de dix cents et conçue pour se loger directement dans le cerveau. Avec le développement des vols spatiaux, on cherche sans cesse à réduire le poids des machins qu'on veut balancer en orbite, et soixante grammes dans le cerveau valent mieux que cinq kilos de radio dans le cockpit.

Enfin, sauf si vous êtes le gars à qui on a collé dans le crâne un disque de métal fabriqué avec des matériaux bon marché.

Une note additionnelle expliquait qu'un mémo secret de la NASA avait été publié sur le Net en 1996, révélant que la série *L'homme qui valait trois milliards* était en réalité une couverture de la CIA, dans l'éventualité où un astronaute lourdement biotechnisé manquerait aux règles de sécurité et sortirait du système pour se montrer au grand jour.

Le document continuait sur le même registre et ce, sur une sacrée longueur. Je me suis mis à sauter des bouts, histoire de voir où le hasard me ferait tomber.

J'ai atterri à New York, deux ans plus tôt.

Des membres d'un groupe privé du nom de ANAL (note : « énormes pervers ») ont détenu le livre pendant un mois. Puis l'ont troqué pour s'assurer que leurs inclinations sexuelles non explicitées soient maintenues sous silence ; ils l'ont abandonné aux mains d'un grand propriétaire immobilier de la ville, en échange d'un bail à vie dans un petit bâtiment de SoHo.

C'était dimanche soir. J'avais bien envie d'aller jeter un œil à cet immeuble, de le repérer avant une visite en bonne et due forme lundi ou mardi, une fois que je me serais acheté de nouvelles fringues.

J'ai fait gicler les miettes de pop-corn sous la douche et j'ai foutu de l'eau chaude dans ma bière.

Le soleil se couchait quand je suis descendu dans le hall, où se massait une foule de gens employés par des richards. Les richards, eux, logeaient ailleurs. Leurs larbins couchaient au Z, tous frais payés. Des gens qui expliquaient à d'autres gens comment être des gens. Des conversations de gens. Une communauté de gens. La beauté papier glacé des magazines, mais un manque pathologique de charisme. Une nuée de jolis drones. Quelques-uns m'ont détaillé de la tête aux pieds. J'étais mal rasé, échevelé, je puais et j'avais l'air suffisamment paumé pour être Quelqu'un. Ils ont soupesé mon portefeuille de leurs vues à rayons X. J'avais peut-être besoin de gens, moi aussi.

J'ai navigué entre eux avec autant d'adresse que possible. Certains flottaient dans ma direction sans interrompre leur conversation. J'ai arrangé ma veste pour laisser entrevoir mon flingue. Six ont reculé, trois se sont tapé une érection.

Les portiers ninjas se grattaient les couilles sur le trottoir et parlaient d'aller lever des moules sur Mulberry Street. « Voulezuntax ? » L'un d'eux s'est jeté en plein milieu de Lexington Avenue, il a hurlé comme un Bruce Lee qui apprécierait d'être pris par-derrière et il a agité son épée avec frénésie. Un taxi jaune a fait une embardée depuis la voie de gauche et s'est appliqué à faucher le ninja de son pare-chocs.

Je n'ai pas eu le cœur de lui dire que je ne voulais pas de taxi.

J'ai laissé le chauffeur me ramener dans le Village, je me suis imprégné de l'ambiance avant d'arriver à l'adresse indiquée dans l'ordinateur, une allée secondaire. Le chauffeur était blanc et très fier de l'être. D'après lui, il était le Dernier Chauffeur Blanc de New York, parce que tous les autres n'étaient que des putains de chimpanzés descendus de leur putain de bateau pour s'entendre dire bienvenue dans cette putain d'Amérique et, oh, tiens, prenez donc ce putain de badge de taxi tant que vous y êtes, putain, espèce de putains de chimpanzés.

L'immeuble était un bâtiment étroit donnant sur une ruelle. Un panneau peint à la main pendait à l'entrée. L'auteur de cette œuvre avait dû apprendre à écrire dans les grottes préhistoriques. Un cul-de-jatte attendait au coin de la rue, juché sur un vieux skate-board maculé de merde, et il m'observait tandis que je penchais la tête et plissais les yeux pour déchiffrer l'écriteau. Le mot ANAL était lisible. L'autre terme principal semblait être MHP BUKKAKE. Le bukkake – allez savoir ce que c'était – semblait plutôt à la mode chez les jeunes d'aujourd'hui.

Alors, comme un con, je suis entré.

Le hall était éclairé par une lampe unique aux teintes verdâtres qui donnait à tout le mobilier une couleur de morve. Un grand homme qui semblait ne pas avoir conscience d'être chauve était assis à un bureau piqué dans une école primaire, ses fesses débordant largement des deux côtés de la petite chaise en plastique. Il m'a agité sous le nez une boîte en métal pleine de pièces. « Deux dollars », a-t-il coassé. Quand il parlait, son cou se gonflait comme celui d'une grenouille.

« Pour quoi ?

— C'est soirée ciné, mon pote.

— Merde, j'avais oublié », ai-je répliqué en couverture. Je lui ai tendu dix dollars. « Pour la cause, mec.

— Cool. »

Il a pris le billet, a fait mine de le glisser dans la boîte puis l'a empoché quand il croyait que je ne regardais pas.

Il fallait monter – un unique passage par un escalier. De petits bruits s'échappaient de l'étage inférieur. J'ai gravi les marches.

La pièce était grande et sombre. La plupart des cloisons avaient été abattues pour créer un semblant de salle de spectacle. Les sièges consistaient en rangées de chaises en plastique emboîtées. Il devait y avoir une cinquantaine de personnes, à moitié éclairées par les reflets du film qu'on projetait sur un long pan de mur aplani et peint en blanc. Je me suis assis sur la première chaise libre que j'ai pu trouver près de l'escalier. La lueur de l'écran m'a permis de lire l'inscription blanche sérigraphiée sur le t-shirt de mon gros voisin : NON, JE NE RÉPARERAI PAS TON PUTAIN D'ORDI.

C'était un film de Godzilla, un des vieux japonais. Un pauvre taré engoncé dans un costume de lézard en caoutchouc, payé en ramens pour piétiner une maquette de Tokyo en balsa.

Une coupe maladroite a fait place à un autre faux lézard monstrueux vautré sur une Tokyo bonzaï. La qualité de l'image était différente. La scène était extraite d'un autre film. Nouveau plan sur Godzilla, mais au ralenti, avec un filtre rose par-dessus le plan et, en bande-son, une musique qui me semblait être un remix de Justin Timberlake.

Le public s'est légèrement agité. J'ai entendu le mec à côté de moi retenir sa respiration.

D'autres lézards en plastoc sont apparus à l'écran, sortis d'une demi-douzaine de films différents. Puis un long plan séquence de Godzilla, depuis ses orteils de lézard jusqu'à ses yeux globuleux. Le volume de la musique a augmenté. Une autre séquence ; des colombes blanches qui s'envolent. Puis un extrait de film amateur, un mec caché derrière un masque de Godzilla qui fait « Grrrrh » avec un accent clairement américain.

Quelqu'un dans la salle a lancé « Ouuuais » et j'ai regardé derrière moi. Mes yeux s'accoutumaient à l'obscurité. La plupart des spectateurs étaient des hommes en short et t-shirt. Quelques femmes, habillées pareil, visiblement venues avec leurs copains. La seule qui n'avait pas l'air accompagnée était une maigrichonne assise à l'autre bout de la pièce, cheveux teints en noir, débardeur noir et tatouages qui lui recouvraient apparemment les deux bras. J'ai effectué un long panoramique et, pour la première fois, en ai profité pour observer mon voisin avec attention.

À la main droite, il portait un grand gant vert en mousse, moulé pour ressembler à une patte de lézard. Et cette main droite était placée avec détermination sur son entrejambe.

À l'écran, Godzilla luttait contre un autre monstre. Des gémissements de film porno avaient été ajoutés en fond sonore.

Quelqu'un a grogné dans l'obscurité. J'ai tourné la tête pour voir une femme caresser la cuisse de son copain avec un gant en patte de lézard.

« C'est pas juste », ai-je sifflé, haineux, parce que l'univers entier semblait avoir envie de m'infliger des saloperies comme ça.

Mon voisin s'est retourné. De la sueur perlait sur son front. « Mec, t'as pas eu de gant ?

— Non, c'est que… personne ne m'a dit ce que MHP voulait dire, c'est tout. » Je n'allais pas admettre que je ne savais pas ce qu'était un bukkake, vu que c'était apparemment une marque de coolitude.

Il a souri dans le noir et m'a dévoilé des dents qui auraient fait gerber Shane MacGowan. « Tu savais pas qu'on avait une nouvelle appellation ? Putain, t'étais sur quelle planète, mec ? La macroherpétophilie. Herpétophile, tu sais, pour ceux qui aiment les lézards. Qui *aiment* les lézards. Et macro pour grand, à grande échelle. Donc, les gens qui… »

Les gens qui veulent niquer avec Godzilla.

La bande-son a lâché un rugissement mixé à un orgasme agressif, et ses yeux ronds se sont à nouveau focalisés sur l'écran. Godzilla avait planté ses dents dans le cou d'un autre reptile. Le public respirait lourdement, émettait un grondement subsonique de halètements profonds, cinquante personnes irradiant une chaleur humide dans la salle.

La fille aux tatouages a sorti un petit palm à écran lumineux et pris des notes à l'aide d'un stylet grâce au système de reconnaissance d'écriture.

Godzilla avait fait chuter la forme lézardeuse qui se débattait frénétiquement au sol. Mon voisin a grogné : « Ouais, fais-toi cette salope… »

I Feel Love de Donna Summer s'est intégré à la bande-son.

Mon voisin s'est mis à se frotter violemment l'entrejambe avec le gant. J'étais déterminé à garder les yeux rivés sur l'écran. Il était évident qu'à partir de cet instant précis, je ne ferais plus jamais l'amour de ma vie, et qu'il me fallait tenir le coup jusqu'à ce que les lumières se rallument et que je trouve quelqu'un à interroger.

Tandis que Donna Summer se lançait dans la dernière ligne droite avant son faux orgasme, l'image s'est recentrée sur l'Américain au masque de Godzilla. Tous les membres du public étaient à point. À part un mec au fond de la salle qui se faisait engueuler par sa copine pour avoir déchargé trop tôt. Il s'énervait et râlait : « Tu sais très bien ce que ça fait quand tu me parles de leur taille. »

L'écran s'est illuminé d'un flash blanc. Il m'a fallu une seconde pour comprendre que, dans cette nouvelle prise de vue, quelqu'un avait éjaculé sur le masque. Puis encore quelqu'un d'autre. Donna Summer s'est lâchée. Le masque a été martelé d'une douzaine d'éjaculations. Et la salle est entrée en éruption. Je me suis couvert le visage alors que mon voisin s'auto-éjectait pratiquement de sa chaise.

« Bukkake, a murmuré une voix dans mon oreille. Éjaculations multiples sur le visage. C'est le nouveau truc à la mode. » La fille tatouée était accroupie derrière moi. « C'est la seule et unique soirée Godzilla Bukkake en Amérique. »

Je me suis tourné pour l'observer pendant que le reste du public faisait couler les dernières gouttes dans les gants verts en mousse. Ses yeux étaient verts, eux aussi. « Tu n'es pas un fétichiste de dinosaures, a-t-elle déclaré en me dévisageant. Qu'est-ce que tu fais ici ?

— Je te le dis si tu m'en racontes un peu plus sur cet endroit.

— Ça marche. Tu es un peu pâle, je te déconseille d'assister à la session de nettoyage. »

Le mec de l'accueil est entré dans la pièce avec des cages de varans visiblement assoiffés qui agitaient leurs longues langues.

J'ai couru tellement vite que j'ai laissé une traînée de condensation dans mon sillage.

5

Dehors, j'ai cherché mes cigarettes d'une main mal assurée, encore un peu furax contre le monde entier. La fille aux tatouages m'en a piqué une et l'a allumée avec un briquet en plastique en forme de bébé alien. On s'est adossés au mur le plus proche et on a exhalé la fumée dans l'air nocturne, minuscules prières lancées dans l'espoir que notre tabagisme passif tuerait une personne qu'on détestait.

« Je m'appelle Mike.

— Trix.

— Salut, Trix.

— Qu'est-ce que tu faisais là-dedans, Mike ? Je peux pas croire que tu sois MHP.

— Je suis détective privé. C'était une vieille piste que je voulais suivre. Mais le truc classique est arrivé.

— C'est quoi, le truc classique ?

— Peu importe. Tu te démarquais pas mal toi aussi, tu sais.

— Ouais, j'imagine. J'écris une thèse.

— Sur quoi ?

— Les expériences humaines extrêmes auto-infligées. Ce n'est pas tout le monde qui va se soumettre de son plein gré à un Godzilla bukkake, après tout. »

Elle a émis un rire salace. Elle m'a détaillé de ses yeux verts encadrés d'un motif complexe dessiné à l'eye-liner et au fard à paupières. J'étais vaguement conscient d'avoir envie de lui plaire.

« Tu as quelque chose sur les viols tantriques d'autruches, dans ta thèse ? »

Son regard a brillé dans l'obscurité.

« Allez, viens, je te paie un café. Tu me diras tout sur les fétichistes de Godzilla et je te raconterai mon histoire.

— Paie-moi plutôt une vodka, et je marche. »

On a pris un taxi jusqu'au Shark Bar, à un pâté de maisons du CBGB, où ils écorchaient vif la première personne qui se plaignait de la fumée de cigarette. Le barman s'était coiffé du scalp d'un punk Straight Edge de San Jose. La peau jaunissait et durcissait sur les bords malgré les applications régulières de crème hydratante, mais la crête peroxydée soignée avec amour, elle, était aussi touffue et luisante que la fourrure d'un chat de concours.

Trix a vingt-trois ans, habite dans le Village, et elle a trois copines et deux copains. C'est donc elle qui a dérobé la part manquante de ma vie sexuelle, ainsi qu'à quatre autres personnes. Elle s'est mise sur la défensive quand je le lui ai fait remarquer, peut-être parce qu'elle discutait avec un hétéro aux cheveux courts, habillé en costume et surmonté d'un panneau flottant qui annonçait CÉLIBATAIRE. « Que je sois polygame ne veut pas dire que je sois une salope pour autant. Ça veut juste dire que j'ai beaucoup d'amour à donner et que je veux beaucoup de monde dans ma vie privée. »

Elle avait des problèmes avec les hommes. « La plupart des mecs sont branchés monogamie à sens unique. Tu ne couches qu'avec eux, mais eux, ils sautent n'importe qui dès que l'occasion de rester en forme se présente. En plus, je suis multiple.

— Dans quel sens… ?

— Orgasmes multiples. Je jouis vite et souvent. En gros, les mecs avec qui je couche se prennent pour James Bond. Et ils ne veulent pas qu'un autre gars se sente une âme de James Bond.

— Or-gas-me. J'en ai déjà entendu parler. Ça se fait avec une autre personne, c'est ça ? »

Elle a ri, ce qui m'a plu. « Alors, parle-moi du *truc classique.* »

J'ai grogné et j'ai regardé mon verre. J'ai poussé un autre grognement. « Vodka, plus tard. Parler, maintenant. Accouche, l'agent secret.

— Le truc classique, c'est que… eh bien, j'ai rencontré quelqu'un l'autre jour qui l'a très bien présenté. Je suis un aimant à merde. »

Elle a arqué un sourcil bien dessiné.

« Il y a huit bars dans ce quartier. J'entre naturellement dans celui où le barman arbore un chapeau en peau humaine. Je remonte une seule piste dans mon affaire et je me retrouve au beau milieu de cinquante personnes qui se masturbent férocement devant des extraits de films de monstres japonais. » Je lui ai raconté l'épisode des autruches, ce qui l'a fait mourir de rire.

« C'est qu'un manque de bol, ça. Ça pourrait arriver à des centaines de personnes.

— C'est ça, le souci. Ça m'arrive à moi tout seul, et des centaines de fois. Dans toutes les missions qu'on m'a confiées depuis que j'ai ouvert mon cabinet. Ça ne m'arrivait pas quand j'étais employé. Ça doit avoir un rapport avec mon interaction directe avec le monde extérieur. Je suis un aimant à merde. Je suis tout ce qui n'arrive jamais aux autres. Tiens, par exemple. On m'a engagé pour retrouver quelqu'un. Un malade de soixante-cinq ans en phase terminale qui s'était enfui de l'hôpital et évanoui dans la nature. La famille tenait à le retrouver. Au final, il s'était inscrit dans un club de vieux suicidaires, le Sinner's Gate. Des vieux en phase terminale qui voulaient se tuer pour s'épargner la déchéance et le manque de dignité. Sauf qu'au Sinner's Gate, les membres estiment qu'ils ont mené de mauvaises vies et qu'ils n'ont pas droit à une sortie douce et indolore. Je l'ai découvert dans la chambre d'un trou à rats pas loin de Bowery, avec un aspirateur. Tu sais ce que c'est, un dégantement ? »

Elle a fait non de la tête, attendant la suite avec nervosité.

« Quand je suis entré, il a enfilé son pénis dans le tuyau de l'aspirateur qu'il a mis en marche. Ça lui a arraché toute la peau en un clin d'œil. C'est ça, un dégantement. La douleur et le choc ont saturé son système nerveux et provoqué une crise cardiaque puissante et immédiate qui l'a foudroyé sur place.

— Putain, Mike…

— Un vieux macchabée bedonnant vautré sur un aspirateur qui lui mâchouillait encore la bite. Voilà ma vie, Trix. »

Elle m'a regardé. Droit dans les yeux, la commissure des lèvres légèrement plissée. Je me suis rendu compte que c'était de la pitié.

« La prochaine tournée est pour moi, Mike. »

Elle est revenue avec deux doubles et s'est affalée sur sa chaise.

« Alors, dis-moi, ai-je enchaîné en calculant combien de verres je pouvais encore boire. Ça veut dire quoi, ANAL ?

— Association nationale des amoureux de lézards.

— J'aurais pu le deviner tout seul.

— Et tu te prétends détective ? Parle-moi de ton affaire.

— Promets-moi d'abord que tu ne rigoleras pas.

— Non.

— Bon… On m'a demandé de retrouver un vieux bouquin qui aurait été écrit par certains des Pères fondateurs, juste après la rédaction de la Constitution.

— Jamais entendu parler.

— Tu n'étais pas censée, apparemment. Il a été égaré d'une collection privée dans les années 1950, et le nouveau propriétaire de cette collection veut le récupérer.

— Explique-moi le rapport avec l'ANAL. »

J'ai sorti le minuscule ordinateur noir de ma poche intérieure. « D'après cette ancienne piste, l'ANAL l'a obtenu il y a quelques années après un chantage avec une illustre personnalité de la ville. Ils l'ont ensuite refilé à un homme d'affaires contre un bail illimité pour le bâtiment qu'ils occupent actuellement.

— C'est pas Rudy Giuliani, quand même ? a-t-elle fait dans un rire.

— Aucune idée.

— Et tu sais que Donald Trump possède beaucoup de biens immobiliers dans SoHo, pas vrai ?

— … Naaan. »

Elle s'est penchée en avant, tout sourire. « Putain, c'est super intéressant. Où est-ce que le livre a atterri ensuite ? »

J'ai ouvert l'ordinateur et l'ai allumé. Le regard qu'elle y a jeté a violé au moins deux commandements. « C'est un nouveau Sony. Tu sais combien ça coûte, ces machins ?

— Euh… non. J'avais un palm quand je travaillais chez Pinkerton. »

Elle me l'a arraché des mains. L'écran a éclairé ses yeux comme des lanternes. « Il a un appareil photo intégré !

— Où ça ?

— Cet objectif dans le clapet. Tu n'avais pas remarqué ?

— Je, euh… je pensais juste que c'était un clapet high-tech. »

Trix m'a souri.

« Attardé. »

Ses ongles noirs ont tapoté quatre fois l'écran avec agilité, puis elle s'est levée et s'est accroupie près de moi. L'appareil a pivoté grâce à un mécanisme dissimulé dans le clapet pour se positionner face à nous. Nos visages sont apparus à l'écran.

« Fais risette, Mike. » Un flash s'est déclenché dans le mécanisme et une photo de nous est apparue à l'écran.

Sur l'image, elle regarde droit vers l'objectif, j'ai les yeux rivés sur elle.

Trix s'est relevée, toujours agrippée à mon ordinateur. « Alors, toutes tes pistes sont là-dedans ? » Par de nouveaux tapotements, elle a ouvert le document et elle s'est mise à le parcourir en utilisant les flèches Haut et Bas sur le petit clavier qui composait la moitié inférieure de l'appareil.

« C'est le truc le plus cool que j'aie vu, a-t-elle murmuré.

— Mon client me l'a donné. Il y a une connexion au Net pour qu'il puisse m'envoyer des infos par mail. Enfin, pas que je m'attende à en recevoir. La piste est trop ancienne. Tout ce qu'il me reste à faire, c'est reprendre à n'importe quel point et remonter le courant. Rassembler autant d'infos que possible en chemin.

— Tu ne comptes pas sauter directement à la fin ?

— Mon père disait toujours : "Caresse pas un lion tant que t'es pas certain qu'il va pas te bouffer." Je veux savoir pourquoi les gens tiennent tellement à ce livre, et dans quel genres d'eaux ils baignent.

— C'est pour ça que tu étais à la soirée ANAL.

— Et maintenant, j'ai pigé. Le livre est une monnaie d'échange entre pervers.

— *Pervers* est très péjoratif, tu sais, Mike.

— Hé là, moi je suis de Chicago. À Chicago, les pervers c'est les mecs qui ne finissent pas leur whisky et qui couchent avec leur épouse le soir. »

Elle m'a jeté un de ces regards.

« N'en sois pas si certain. »

J'ai ri et j'ai terminé ma vodka cul sec. « Quoi, tu veux être mon guide dans le monde souterrain de l'Amérique déviante ? »

Trix m'a dévisagé, pince-sans-rire. « Tu me paies combien ?

— T'es sérieuse.

— Évidemment que je suis sérieuse. Tu as besoin qu'on t'enseigne les pratiques du monde moderne, sinon t'es foutu. Et ça me permettra d'alimenter ma thèse et d'en faire une tuerie. Enfin quoi, rien qu'en suivant cette piste, tu vas voyager de la côte Est à la côte Ouest. »

J'ai étudié le fond de mon verre.

« Je ne déconne pas, Mike.

— Je ne te connais même pas, Trix.

— Mike, t'as bu cinq verres et tu n'as même pas fait mine de vouloir me sauter. Si la moitié à peine de tout ce que tu m'as raconté sur toi est vraie, tu aurais déjà dû devenir le plus gros salaud quc la terre ait jamais porté. Mais tu es gentil et marrant, et tu ne baisses pas les bras. Tu sais combien c'est difficile, de trouver quelqu'un dans cette ville qui soit encore *déterminé* ? En plus, la vie est intéressante à tes côtés, il faut que j'écrive une thèse de la mort pour pouvoir me barrer et accomplir des choses merveilleuses. Et toi, tu as vraiment, mais alors vraiment besoin d'un coup de main.

— Ton histoire de "t'es foutu, Mike", ça me réussit pas trop au moral, là, tu sais…

— Allez, Mike. Laisse-moi te guider dans ce monde souterrain. Moi Virgile, toi Dante. »

Je n'avais vraiment, mais alors vraiment pas envie de réentendre cette allusion littéraire.

Mon verre ne s'en remplissait pas pour autant.

Elle gardait les yeux braqués sur moi.

Personne ne m'avait jamais regardé comme si j'étais un ticket vers l'Aventure.

« Cent dollars par jour, et je prends en charge le voyage et le logement. »

Trix est restée bouche bée.

« Tu déconnes.

— C'est moi qui suis sérieux, maintenant.

— Putain.

— Cent dollars par jour, sept jours sur sept jusqu'à ce qu'on ait terminé. Ça pourra prendre une semaine, un mois, peut-être deux. On fait chambre à part, on dort dans de bons hôtels. J'ai une grosse avance sur frais, et je préfère ça que de la boire tout seul. »

Elle s'est adossée à la chaise. « Wouah. Je ne m'attendais pas exactement à ça. »

En toute franchise, j'ai eu l'impression d'être un gros naze, de ne pas lui avoir proposé plus que cent dollars par jour. Mais j'ai aussi eu l'impression d'être un gros naze d'être obligé d'acheter la compagnie d'une jeune fille intelligente pour quelques semaines, alors ça rééquilibrait la situation.

Si vous voulez tout savoir, ça a été le seul truc intelligent que j'aie fait au cours de cette affaire.

6

Si seulement j'avais encore cette photo.

7

J'ai passé lundi et mardi à m'acheter des vêtements et un sac de voyage, et à prendre une décision pour mon flingue. Plutôt crever que de traverser le pays en voiture, surtout que ça impliquerait d'acheter une voiture. Mais je savais aussi qu'enrouler mon pistolet dans mon permis de port d'armes et le balancer dans ma valise ne me mènerait pas très loin. J'ai fini par emporter le permis avec moi et ranger le flingue dans le coffre-fort de mon bureau.

Je considérais mon arme comme un outil professionnel. Je l'avais utilisé deux fois en cinq ans, sous le coup de la colère mais, pour être totalement honnête, je dois avouer l'avoir sorti bien plus souvent pour menacer des gens.

Et je m'en étais servi pour frapper un tailleur, afin de gagner la confiance d'un petit Blanc dérangé de la tête, persuadé qu'il était possédé par l'âme de Huey P. Newton.

Du coup, je n'étais pas très heureux d'enfermer mon flingue. Je savais que je n'aurais pas l'occasion de m'en servir, mais cela retirait une corde à mon arc.

J'avais aussi le pressentiment, basé sur rien du tout, qu'il risquait de faire flipper Trix.

Elle m'a retrouvé mercredi vers midi, sur le trottoir devant mon hôtel. Les portiers ninjas faisaient de leur mieux pour la draguer. Trix leur montrait les tatouages de ses bras. Le débardeur qu'elle portait laissait deviner qu'ils continuaient sur sa poitrine, et elle les taquinait sans merci. La plupart des épées se dressaient à 45 degrés.

Je suis sorti avec mon unique sac, décidé à voyager aussi léger que possible. J'ai remarqué que Trix, elle aussi, n'avait emporté qu'un bagage, ce qui m'a fait sourire. « T'es prête, Trix ?

— Prête. T'as les billets ? »

Je les ai agités. Elle s'est tournée vers le ninja le plus proche, a baissé légèrement le menton et l'a fixé de ses grands yeux verts. « On pourrait avoir un taxi ? »

Quatre ninjas ont poussé un hurlement avant de s'élancer sur la chaussée de Lexington Avenue en agitant leurs épées. Un taxi jaune a braqué à gauche, a percuté un premier ninja qui s'est retrouvé éjecté à trois mètres et a atterri sur l'arrière d'une limousine. Un autre est resté planté, sous le choc : impossible pour lui de s'écarter dans un mouvement ninjesque de la trajectoire du taxi. Le véhicule l'a heurté de plein fouet comme les cornes d'un taureau avant de le projeter pardessus le toit. Le taxi est monté sur le trottoir et a freiné d'un coup sec à l'instant où son pare-chocs dégommait le ninja n° 3. Le chauffeur s'est penché et a ouvert la portière d'un grand coup sec, frappant le ninja n° 4 qui a terminé sa course à terre. Écrites au doigt dans la poussière de la portière, on pouvait lire les lettres WMD. Un immense Noir était installé au volant, un *X* gravé sur le front. Trix et moi étions les derniers debout. Il a souri comme un gamin à Noël et beuglé : « Où c'est que je vous emmène, bande de minuscules petits Blancs ? »

Trix et moi avons échangé un regard. Puis elle a éclaté de rire. « C'est parfait, comme entrée en matière, Monsieur l'Aimant à Merde. »

J'ai encaissé le coup et attrapé les bagages. « À l'aéroport de Newark. »

Le taxi s'est élancé sur le trottoir façon missile de croisière.

La suite nous a révélé que notre chauffeur avait en réalité deux vitesses : stop et blindecommeunputaindetaré. Il luttait comme un sumo contre sa voiture, lançait le véhicule affolé sans ménagement dans les virages serrés, donnait de grands coups de volant pour garder le cap et lui collait des claques quand elle menaçait de partir en tête-à-queue. « Vous avez l'air prêts pour les emmerdes, a-t-il fait en riant. C'est quoi, votre trip ?

— On est détectives privés, a répondu Trix avec un sourire. On part pour une grande aventure.

— Des privés ! » Il trouvait ça génial. Il a éclaté de rire, toussé, puis collé un coup de poing dans le volant en émettant un couinement horrible. « Z'êtes sur une affaire ? »

Trix était à fond dedans. « Ouais. Un richard qui a perdu un vieux livre flippant, et il faut qu'on le récupère chez des tarés un peu louches.

— Cool ! Dites, vous connaissez des détectives noirs ?

— Bien sûr, ai-je répondu. À l'agence où je bossais avant, il y avait un tas de Blacks, et des Asiats, aussi.

— Alors pourquoi on les voit jamais à la télé ?

— Ça, ça me troue le cul, j'en sais rien.

— Sérieux, mec. Chaque fois que j'allume la télé, c'est que des trucs genre *Détective Jones, Blanche-*

Neige en freelance. Y a que les détectives blancs d'âge moyen qui peuvent résoudre ces conneries d'enquêtes, vous voyez ? Et ce putain de Quincy, mec. Y a rien que des Blancs, dans son trip. Qu'est-ce qu'ils en font, des Noirs ? Ils les brûlent en tas au fond du jardin ?

— C'est qui, ce Quincy ? » a demandé Trix.

Tandis que le chauffeur appuyait sur l'accélérateur, j'aurais juré que le paysage à l'extérieur commençait à se déformer.

— Peu importe, a fait le chauffeur avec un sourire. Helter Skelter, c'est pour bientôt.

— *X'd from society*, Xclu de la société, a lancé Trix d'un air entendu.

— Hé, t'es une sacrée bonne détective, toi ! »

J'ai lancé un regard C'estquoicedélire à Trix. « Charles Manson, a-t-elle répliqué. Le X sur son front. C'est un truc de Manson. Ça illustrait leur exclusion de la société. Son groupe se préparait à Helter Skelter, la guerre éclair entre Blancs et Noirs, celle que les Noirs devaient gagner.

— Vous savez tout de cet enculé de Manson et vous avez jamais entendu parler de Quincy ?

— Le truc, avec Helter Skelter, c'est que Manson jugeait les Blacks inférieurs. Lui et sa Famille devaient sortir de leur cachette à la fin de la guerre et reprendre le pouvoir. Manson détestait les Noirs. »

Le chauffeur a éclaté d'un nouveau rire puissant et chaleureux. « Manson était un putain de fils de pute. Ça veut pas dire pour autant qu'Helter Skelter était une mauvaise idée. Mais juste histoire de clarifier ses conneries : il risque pas de remontrer son cul dans le coin pour reprendre le pouvoir. Et là, on verra des détectives noirs à la télé, c'est moi qui vous le dis. »

Trix s'est marrée. Je lui ai dit : « Tu te rends quand même compte que notre chauffeur parle de nous tuer, non ? »

Il a rejeté la tête en arrière et a rugi. « Vous, je vous donne une dispense spéciale, parce que vous êtes des détectives plutôt cool. Mais je vous le répète : soyez prudents. Tout le monde est pas aussi sympa que moi, vous savez. Helter Skelter, c'est pour bientôt. Ça se voit partout, mec. Les trucs bizarres à la télé. Toute cette merde qui circule sur le Net. Z'avez vu comment les infos deviennent glauques ? Y a quelque chose qui couve, et les gens aimeront pas forcément les détectives privés quand ça finira par péter, vous pigez ? C'est aux Départs que vous voulez aller, c'est ça ? »

Un taxi jaune passe le mur du son à l'aéroport de Newark.

8

On traverse l'aéroport sans autre « aimantage ». Je me dis que j'ai peut-être atteint le quota pour la journée.

« C'est la première fois que je prends l'avion », m'a avoué Trix, alors je me suis assuré qu'elle ait une place près du hublot. J'avais acheté deux billets en classe affaires pour notre première escale à Columbus, dans l'Ohio. Je n'y avais jamais mis les pieds, mais je savourais la normalité de ce nom. Columbus, dans l'Ohio. C'était une ville pour les cartes météo. Le nom de Cleveland en devenait presque décadent.

Une foule de gens équipés de masques antigrippe aviaire joliment décorés évoluaient en troupeaux paniqués dans l'aéroport, s'éloignant en mouvements migratoires à chaque toux suspecte.

À l'embarquement, on a été accueilli par les sourires plastifiés des hôtesses de l'air qui nous ont menés jusqu'à nos sièges confortables et nous ont offert une coupe de champagne. Les sourires se sont élargis dès qu'on a eu terminé nos premiers verres et qu'on a tendu les coupes avec avidité pour être resservis. Soûlez les passagers et ils comateront tranquillement pendant tout le voyage. On a bu notre deuxième verre pendant le décollage et Trix s'est collée au hublot en poussant des cris stridents, les yeux comme des soucoupes.

L’avion s’est incliné doucement, s’est élevé au-dessus d’un pont de nuages et a mis le cap vers Colombus pour une heure de vol.

Un vieux gars en chemise à manches courtes tachée de sang était installé à côté de moi, près de l’allée. Il m’a adressé un petit sourire secret. « Vous savez. Vous savez. Si vous buvez du whisky. Et je veux pas dire beaucoup de whisky, juste assez pour maintenir en vie les petits moteurs de votre cerveau. Si vous buvez pas mal de whisky, vous pouvez pisser dans un verre avant de vous endormir. Le lendemain matin, tout l’alcool est remonté à la surface. Et vous pouvez le boire à la paille.

— Je, euh, je garderai ça en tête. »

Il a lâché un bruit satisfait et il m’a tendu sa main aux ongles incrustés de sang séché. « Parfait. C’est moi qui pilote l’avion. »

Trix a pâli.

9

L'aéroport de Columbus faisait partie de ces endroits que l'on oublie cinq minutes à peine après les avoir quittés. On a pris un taxi jusqu'à l'hôtel que j'avais réservé par Internet, un établissement à la périphérie de la ville.

En sortant de l'aéroport, on aperçu un panneau crasseux qui annonçait BIENVENUE DANS L'OHIO, L'ÉTAT DU PAVIER.

Notre chauffeur avait fixé sur le tableau de bord trois photos de femmes solidement charpentées. Quelqu'un avait gribouillé au stylo des couteaux plantés dans leur tête et leur poitrine. Il marmonnait en conduisant, ses petits poings serrés autour du volant.

« C'est quoi, un pavier ? a demandé Trix.

— C'est l'emblème de notre État, a lâché notre chauffeur.

— D'accord, mais c'est quoi, un pavier ? »

Il nous a épinglés de ses petits yeux rouges dans le rétroviseur.

« C'est une baie toxique. »

Trix m'a lancé un petit sourire narquois. « Je comprends. »

L'hôtel était une île bétonnée. Cernée de tous côtés par des autoroutes. On ne pouvait se rendre nulle part à pied. Le taxi nous a éjectés devant la porte. Le chauffeur tremblait de nervosité et sifflait dans sa barbe, proche de l'implosion. Je lui ai donné un pourboire. Il s'est mis à dévisager Trix et d'un coup il a pété un plomb, hurlant à tue-tête : « Elles saignent pendant une semaine mais elles crèvent jamais, putain ! »

Le taxi est parti en trombe. J'ai jeté un œil à Trix qui s'est contentée de hausser les épaules. « Je peux pas dire le contraire », a-t-elle déclaré.

L'enregistrement s'est avéré plus qu'ordinaire, et dix minutes plus tard, on s'installait dans nos grandes chambres au quatrième étage, bénéficiant d'une vue panoramique exotique sur le parking.

J'ai allumé la télé en fond sonore pendant que Trix posait ses affaires dans sa chambre. Un attardé en chapeau de cow-boy marmonnait dans une émission ; radio inexplicablement retransmise en direct à la télé. L'équipe était composée de plusieurs assistants ratés mais enjoués qui monopolisaient la parole tandis que le vieux retirait son chapeau, le remettait en place, et se demandait à quoi servait le micro posé devant lui.

Il y avait du sang dans les toilettes, ce qui ne me gênait pas autant que cela aurait dû. J'ai tiré la chasse plusieurs fois mais, apparemment la cuvette souffrait d'une blessure d'où s'échappait un flot régulier d'hémoglobine. D'étranges fissures et rides marquaient l'émail. Si on regardait en plissant les yeux, la séquence de lignes minuscules prenait presque la forme d'une main. J'y ai jeté du PQ et j'ai décidé de laisser tomber.

Trix a tambouriné à la porte et s'est incrustée, une pomme dans la bouche. « Ces chambres, ça me donne l'impression de garder la maison d'une vieille tata aux goûts un peu datés. » Elle a inspecté la pièce et remarqué les mignonettes de scotch en plastique déjà vides. « Tout va bien, Mike ?

— Très bien. »

J'ai repêché l'ordinateur au fond de mon sac et l'ai tendu à Trix. « Tu veux te renseigner sur notre piste à Colombus ?

— Un peu, ouais. File-moi ça. »

Elle s'est jetée dans un fauteuil comme une poupée en chiffons, la pomme coincée entre les dents, et puis elle a allumé l'appareil d'un clic et tapoté sur le clavier.

Quand elle a dit : « Oh, on va bien se marrer », j'ai commandé une grande bouteille de whisky au service de chambre.

10

« Venez, a répondu le mec au bout du fil, la voix étrangement raisonnable.

— Tu vois ? » a fait Trix en peaufinant un maquillage élaboré autour de ses yeux devant le miroir de la salle de bains. Les toilettes ont bouillonné et sifflé derrière elle. « L'aventurisme sexuel ne fait pas automatiquement de toi un monstre.

— T'as lu le document ? T'as lu ce qu'ils s'infligent à eux-mêmes ? C'est un musée des horreurs.

— C'est un *passe-temps.* Moi, j'ai hâte de le rencontrer, ce mec.

— Pour ta thèse, c'est ça ? »

Trix a sautillé hors de la salle de bains. Bottes en cuir, jupe à frou-frou et dentelles, haut moulant. J'ai décidé de ne pas l'observer trop longuement.

« Oui, pour ma thèse. Et aussi parce que je pense que le gars sera intéressant. Il sait pourquoi on vient ? »

J'ai posé la main sur ma veste. Elle semblait lourde. J'avais envie de rester ici, de ne pas bouger. M'allonger, boire encore un peu, développer une sorte de paralysie atroce qui m'empêcherait à jamais de quitter cette pièce. Qui exigerait un soin constant d'infirmières. De beaucoup d'infirmières. Avec un maquillage élaboré autour des yeux.

J'ai attrapé ma veste.

« Ouais, je le lui ai dit. J'ai pensé qu'il valait mieux y aller franco. Il ne voulait pas en parler au téléphone.

— Je peux pas lui en vouloir. On va où ? »

J'avais loué une voiture qui nous attendait sur le parking. Des vêtements de bébé tachés et un bang étaient éparpillés sur la banquette arrière. J'ai mis la main dans un sac plastique dégoté dans le vide-poches et j'ai délicatement soulevé le tout pour le jeter dans une boîte FedEx devant le hall d'entrée. Un employé de FedEx avait un jour essayé de me voler mon petit déjeuner. Je suis du genre rancunier. Et franchement, si je n'étais pas rancunier, je m'ennuierais ferme au Réveillon de Noël.

Trix avait réussi à se connecter à Internet et avait trouvé une carte pour nous guider de l'hôtel à l'adresse donnée par l'homme au téléphone. À bord de la voiture de location, on est sortis du parking et j'ai suivi la ligne rouge qui nous mènerait d'ici à là-bas. Dix minutes plus tard, on sortait de l'autoroute pour arpenter les collines boisées de la banlieue ourlées de maisons à grands porches où l'on avait planté des drapeaux qui saignaient leurs étoiles et leurs rayures délavées.

Trix enregistrait tout, comme si elle déambulait sur la lune. « Les gens accrochent vraiment des drapeaux devant chez eux ?

— Bien sûr.

— C'est bizarre.

— Ouais, mais toi, tu viens de New York.

— Je vois pas le rapport.

— Les gens qui habitent New York sont soit new-yorkais, soit espagnols, italiens, irlandais ou je sais pas quoi. Qui oserait emménager dans le quartier de Williamsburg et balancer : Salut, je suis *américain* ? Putain, même après le 11 Septembre, si on veut féliciter quelqu'un, on lui dit "T'es un sacré New-Yorkais, mon pote."

— Ben, et toi ?

— Moi, je suis de Chicago. »

Trix a reniflé.

On est sortis du pays des drapeaux pour atterrir dans le territoire des parkings. La ligne d'horizon classique de Colombus piquetée de gratte-ciel s'est déroulée au loin, devant nous. Aussi banale et insipide qu'elle soit, j'aurais vraiment voulu y être. Mais il fallait suivre la ligne rouge jusqu'au labyrinthe de maisons. Pour voir l'homme qui avait échangé le livre contre une nuit d'*aventurisme physique.*

11

Je me suis garé devant la maison en question, un coin propre dont le jardin avait été bétonné pour créer des places de parking. Le mec devait avoir beaucoup d'amis. Dans le jardin de son voisin, une vieille Impala pourrissait sur place. On aurait dit que Dieu avait chié dessus : toit enfoncé, habitacle plein de terre et de mauvaises herbes. Une basket marron sortait de la terre au niveau du siège passager dont la portière avait été arrachée. La chaussure semblait pleine.

La sonnette de mon homme était plus qu'anonyme. On a patienté quelques minutes, muets. J'étais sur le point de laisser tomber quand j'ai entendu des pas lourds à l'intérieur. La porte s'est ouverte et un grand homme au teint acajou est apparu, vêtu d'une serviette de bain violette, un large sourire aux lèvres.

« C'est vous qui avez appelé tout à l'heure ?

— Ouais. Je m'appelle Mike, et elle, c'est Trix.

— Ah ouais ? Très cool, ton maquillage, miss. Venez, entrez. Je suis un peu à la bourre. »

À l'intérieur, l'air était chaud et salé. Les pièces étaient nickel, la déco un peu rétro, comme si on avait embaumé la maison de ma grand-mère en 1976. Il nous a précédés, ses muscles roulant sous sa peau comme des chats sous un couvre-lit en satin. Il était costaud et l'étrange couleur acajou artificielle soulignait les courbes de sa musculature. Il nous a menés jusqu'à un salon de mémé, a étendu une autre serviette sur le canapé avant de s'asseoir, puis nous a indiqué de grands fauteuils qui dégageaient un parfum de vieux pot-pourri. Il a affiché un nouveau sourire immense, ses larges dents blanches étincelantes au milieu de son crâne rasé couleur acajou.

« Moi, c'est Gary. Ne faites pas attention à mon apparence, je rentre tout juste d'un concours de bodybuilding. Je n'ai pas eu le temps de me doucher. »

Il a passé un doigt sur son avant-bras, dévoilant une ligne de peau blanche.

« De la coloration corporelle. Ça définit mieux les formes, sous les projecteurs. Je fais de la compétition.

— Et vous avez gagné ? a demandé Trix avec un sourire.

— Ah, je suis arrivé deuxième. Trois cents dollars. Je fais ça pour l'argent de poche, et trois cents dollars, c'est toujours mieux qu'un coup de pied au cul, pas vrai ? J'ai un super entraîneur, un Anglais, mais il me fait la gueule parce que je ne reste pas à la salle toute la journée. Il porte toujours sur lui une photo de l'époque où il était lui-même compétiteur. C'est lui sur la plus haute marche du podium, un autre mec sur la deuxième, et Arnold Schwarzenegger en troisième position. Il arrête pas de me répéter : Je suis arrivé premier et j'ai vécu de chattes fraîches pendant deux ans. Arnie a fini troisième et il a passé son temps à la salle de muscu pour bosser comme un fou. Aujourd'hui, il est gouverneur de Californie et moi, je t'entraîne, espèce de trou du cul. »

Je ne sais pas ce qui déconnait chez moi. Je n'étais pas d'humeur à faire ami-ami. C'était con, franchement. J'en avais déjà ras-le-bol de cette histoire, ou ras-le-bol de moi-même, ou les deux en même temps.

« Je veux juste savoir où est le bouquin. »

Gary m'a lancé son putain de grand sourire joyeux, ses dents comme des pièces de Scrabble collées à une table basse. « Bien sûr, je sais. On dirait bien que vous êtes embarqués dans un truc assez bizarre. C'est quoi, ce bouquin, au fait ? Enfin quoi, le mec m'a dit qu'il avait beaucoup de valeur. Je m'en suis plutôt bien tiré : ça m'a donné suffisamment de fric pour rénover la maison, le jardin, faire quelques fêtes, vous voyez. Mais maintenant, ça m'intrigue.

— Il a été volé à des gens puissants, il y a longtemps. Où est-il ?

— Ben, il n'est pas ici. Je l'ai vendu, je viens de vous le dire.

— À qui ?

— Je dois avoir une facture quelque part. Mais je suis certain que ça ne vaut pas le papier sur lequel c'est écrit, je me trompe ? » Immense sourire amical. À chaque fois que ses lèvres s'étiraient, j'avais envie d'y écraser une chaise.

« Donnez-moi ce putain de nom.

— Mike », a sifflé Trix.

Le sourire a brusquement disparu comme si quelqu'un avait appuyé sur un bouton. « Ne me parlez pas sur ce ton.

— Vous savez quoi ? Je viens juste de me lancer dans cette affaire et j'en ai déjà ras-le-cul des pervers arrogants. Le nom. »

Gary s'est levé. Il n'était pas bien grand mais il était large d'épaules et solide. « Oh, alors c'est ce que je suis à tes yeux ? Eh bien, voilà le deal, Monsieur le Détective. Je te donne le nom. Si tu fais la fête avec mes amis. Ou alors, tu dégages. Et je botterai ton petit cul malingre d'ici à l'aéroport où tu pourras reprendre l'avion jusqu'au trou où se cachent tous les hétéros à petites bites. »

On a sonné à la porte.

« Mes amis arrivent. Ils apportent les seringues. »

Large sourire malfaisant.

12

Huit mecs très musclés et très gays sont entrés dans le salon.

« Je vous présente Mike et Trix, a fait Gary, les yeux rivés sur moi. Mike veut faire une petite expérience avec nous. »

Le plus balèze d'entre eux, un Aryen en t-shirt blanc graffé et short de cycliste, m'a détaillé sans amitié avant d'échanger un regard avec Gary. « Il va d'abord se laver, non ?

— Oh, on ne va pas faire la fête avec Mike. Je veux juste l'injecter un coup, et puis il rentrera à son hôtel.

— Moi aussi, a fait Trix. Enfin, moi aussi je veux jouer.

— Vous savez de quoi on parle, n'est-ce pas ? a demandé Gary.

— Évidemment. Des mecs à Boston font ce genre de fêtes et ils postent les photos sur leur site Web.

— C'est Eugene, a hululé un petit rouquin en jean noir. Je l'adore, ce gars. Je lui ai rendu visite l'été dernier. Il m'a emmené voir des baleines au large du port de Boston.

— Pas vrai qu'il est cool ? a dit Trix. J'ai vu toutes ses photos. J'ai toujours eu envie d'essayer. Je me dis que si je m'injecte les lèvres, j'aurai presque l'impression d'avoir des couilles, vous voyez ? »

Me sentant vaguement trahi, j'ai cherché les yeux de Gary et lui ai lancé mon meilleur Regard Meurtrier.

« Je suis armé, vous savez.

— Non, tu n'es pas armé.

— Qu'est-ce qui vous fait croire ça ?

— Je suis flic. Je peux repérer un mec avec un flingue à dix mètres. »

À quel point voulais-je garder ce boulot ? J'aurais pu tourner les talons à cet instant précis. Retourner à New York, prendre une commission partielle sur cette affaire. Ou même, putain, ne pas prendre de commission du tout, passer mon chemin jusqu'à une nouvelle expérience atroce. À quel tarif pouvait-on estimer toute cette merde ?

Trix m'observait. Elle avait l'air triste. Elle m'a adressé un petit sourire, mais qui semblait triste, lui aussi.

Je me suis rassis avec lourdeur et me suis enfoui les doigts dans le bras.

« Vous ne m'injecterez pas de solution saline dans les testicules. Point final. »

13

« C'est ici qu'on injectera la solution saline dans tes testicules », m'a expliqué Gary.

Il avait converti une grande pièce à l'arrière de la maison en immense salle de douche, avec enceintes intégrées dans la partie supérieure des cloisons.

« Il va falloir que tu te déshabilles, m'a dit Gary. Non pas que j'aie vraiment hâte de te voir tout nu, crois-moi. Tu as un physique pourri, pour un détective.

— Combien vous en connaissez, de détectives privés ?

— Eh bien… Il y a Magnum.

— Me touchez pas.

— Allez, à poil.

— Le deal, c'est donc : je vous laisse me faire ça et vous me donnez la facture avec le nom.

— Exact. Et arrête de répéter "me faire ça" comme si j'allais te mutiler ou je ne sais quoi. Ça va être marrant.

— C'est comme ça que vous vous amusez, vous ?

— Je fais venir mes potes, on s'injecte de la saline, on s'amuse. C'est festif. On met de la musique, on boit quelques verres, tu vois. Enfin quoi, c'est pas comme si on se baladait dans des ruelles sombres en marmonnant : "Un coup de saline, ça vous branche ?" On fait ça par le Net, comme l'a dit ta copine, non ?

— C'est pas ma copine.

— Tu en es sûr ?

— Je crois que j'aurais remarqué. »

Il a penché la tête. « Euh. D'accord, peut-être pas. Elle est beaucoup plus cool que toi. Les hétéros sont bizarres, putain. »

Mister l'Aryen est entré, nu comme un ver et portant des pichets d'eau fumante. « Allez, on va lui filer des couilles, à celui-là », a-t-il fait en riant.

Trix lui emboîtait le pas, une trousse médicale entre les mains. Elle m'a fait un clin d'œil. « Je veux voir ça.

— C'est moi ta putain de thèse, ou quoi ?

— Il faut que tu te détendes, a-t-elle dit en tendant la trousse à Gary. Ça te fera une nouvelle expérience. Profite de l'instant qui se présente à toi.

— Ce qui se présente à moi, c'est être coincé dans une douche avec un flic gay qui veut faire muter mes couilles, Trix.

— Oh, tu vas te détendre, oui ? Enlève tes fringues.

— Gary, faut vraiment qu'elle assiste à ça ?

— Trix veut être présente, mec.

— Je veux pas qu'elle me voie tout nu.

— *Personne* ici n'a envie de te voir tout nu, mon pote.

— Tu ne veux pas que je te voie à poil ? »

Au son de sa voix, je n'ai pas réussi à déterminer ce qu'elle insinuait exactement. Ou peut-être ce que j'aurais voulu qu'elle insinue.

« Écoutez, ai-je dit à Gary. Je suis son employeur. Ça ne me semble pas… convenable. »

Trix a émis un soupir explosif. « Bon Dieu, je hais ce mot. Convenable. C'est genre, accroche-moi un panneau autour du cou, JE SUIS UN CONNARD SUPER CHIANT. Bref, peu importe, je me casse. »

Elle est sortie d'un pas lourd et je me suis senti encore plus mal. Mister l'Aryen s'est posté devant moi, bras croisés. « Si t'as fini de chier sur ta copine et de faire le con, mets-toi à poil et on fera de notre mieux pour ne pas te vomir dessus. Exécution. »

Je me suis déshabillé en imaginant leurs cadavres dévorés par des fouines en furie.

« Hé ben, a fait Mister l'Aryen. La dernière fois que j'ai vu un corps dans cet état, c'était dans *Les Experts* et il pendait à un arbre. Tu te nourris avec la graisse qui sort des canalisations d'une baraque à frites ou quoi ? Je parie que le seul sport que tu pratiques, c'est tirer la chasse.

— Oh, la ferme.

— Sérieux, mec. T'es à deux doigts du cimetière.

— J'ai une vie difficile. Ma copine m'a quitté pour une gouine transsexuelle avec des implants capillaires sur les seins.

— C'est justement à ce moment-là que la sonnette d'alarme aurait dû retentir, mec. »

Des éclats de rire ont retenti dans le salon et de la pop Scandinave a cascadé des enceintes.

« C'est parti, a fait Gary avec un sourire, la main sur la trousse noire. Que la fête commence. » Il a déchiré l'emballage stérile d'une aiguille à perfusion.

— Écoutez, je suis désolé de vous avoir volé dans les plumes. Je ne m'amuse pas vraiment, là.

— Eh bien, tu vas commencer à t'amuser. »

14

Gary a mis la douche en marche et j'ai été arrosé d'eau tiède.

« Détends-toi, a-t-il dit. Ça aide à rendre les testicules plus malléables. »

J'ai eu l'impression que mes couilles remontaient dans mon corps pour nidifier dans mes poumons.

« Mais vous faites vraiment ça pour vous amuser, vous autres ?

— Putain, t'es vraiment un connard. Quand tu étais gamin, tu ne t'es jamais amusé à tourner en rond sur place jusqu'à en être malade ?

— Si.

— Pourquoi ?

— Eh bien… parce que j'aimais bien cette sensation, je dirais. Ouais, d'accord, je vois très bien où vous voulez en venir…

— Alors joue pas les abrutis. On aime cette sensation. C'est différent, on ne fait de mal à personne et l'effet s'estompe.

— Ça s'estompe, vous êtes sûr ? » J'ai répété ça deux fois, en fait. La seconde fois, j'ai réussi à supprimer le couinement limite hystérique dans ma voix.

« Oh, mon Dieu, a grogné Gary. Tu as grandi chez les nonnes ou quoi ? Je pense que t'es suffisamment à température. C'est parti. Sors de la douche. »

Il a laissé couler l'eau ; de douces couvertures de vapeur se drapaient autour de moi tandis que je me tenais là, face au destin tragique de mes testicules. Gary s'est accroupi devant moi et j'ai lutté pour ne pas frémir lorsqu'il a passé son index sur l'une de mes boules.

« On aurait dû te raser. Tu as la touffe d'une actrice porno des années 70, princesse.

— Je vous hais encore plus qu'Oussama », ai-je sifflé.

Gary a éclaté de rire. « T'es vraiment trop facile à faire flipper, tu sais ? » Puis il a planté l'aiguille dans ma couille.

Tandis que je criais, Gary a remonté le tube jusqu'à un des pichets d'eau et il a soulevé l'emballage de saline réchauffé qui y reposait. Il l'a maintenu ainsi et – putain, j'en grince encore des dents et je croise les jambes rien qu'à y penser – un truc atroce, lourd et chaud, s'est mis à couler dans mes boules.

J'ai grogné et me suis agité sur place. « Tu veux bien te détendre ? a fait Gary d'un ton sec. On croirait que je t'empoisonne. »

« Hhmmnrrgg » a été la réponse la plus intelligente que j'ai pu proférer à cet instant précis. Je chancelais, j'en avais conscience. Mes testicules s'imprégnaient de chaleur et s'alourdissaient. J'ai regardé d'un œil. Elles avaient la taille de l'oignon vainqueur du premier prix à une compétition potagère où l'on m'avait emmené, gamin. Et elles grossissaient encore. J'ai refermé les yeux, très fort. J'avais l'impression de faire passer des boulets de canon en contrebande dans mon scrotum.

« Je n'arrive pas à croire qu'on puisse vivre avec autant de tension sans mourir d'une implosion quelconque, a commenté Gary. Je n'ai jamais vu quelqu'un qui ait autant besoin de baiser que toi, ni humain ni animal.

— Je ne crois pas que j'en aurai à nouveau l'occasion, ai-je grogné à travers mes dents serrées. Et j'ai la vague sensation que la procréation n'est plus d'actualité non plus. Vous venez de me cuire les boules.

— Peut-être que j'ai rendu service à la planète », a-t-il déclaré, pensif.

Au bout de ce qui m'a semblé durer dix ou onze ans, le liquide a fini de circuler. Gary a arraché l'aiguille d'une main experte et m'a collé un petit pansement rond sur la minuscule plaie. L'eau frôlait la paroi de mes testicules en vaguelettes atroces. « C'est plutôt bien, m'a-t-il fait. Regarde. »

J'ai rouvert un œil tout doucement, l'ai dirigé vers le bas, et j'ai poussé un hurlement.

15

Gary a tendu une grande serviette bleue qu'il a enroulée autour de mes hanches comme s'il habillait un gamin, puis il m'a mené tout tremblant dans le salon.

« Eh bien, notre Magnum a assuré comme un homme. Il a des couilles, maintenant. »

Ses propos ont été accueillis par des acclamations et des applaudissements, pas très amicaux à mon goût.

Trix m'a demandé : « Tu l'as vraiment fait ? »

Gary s'est marré. « Bien sûr, qu'il l'a fait. » Et il m'a arraché la serviette.

On aurait dit que quelqu'un m'avait cloué un ballon de basket sur l'entrejambe.

« Mais c'est *génial* ! » a piaillé Trix en applaudissant à nouveau.

Pendant cinq secondes, je me suis senti ridiculement fier. Avant de me rendre compte, comment dire, que j'étais debout à poil devant Trix et que j'exposais mes testicules mutants, comprenant que ça lui faisait étrangement plaisir. C'est à ce moment que j'ai chopé la serviette et l'ai remise en place.

Mister l'Aryen a fait une grimace. « Soit il m'aime, soit il l'aime, elle. »

Et, oh mon Dieu, elle m'a souri.

Je me suis tourné vers Gary. « Vêtements. Facture. »

Gary a soupiré. « Les vêtements sont à côté, dans la chambre d'amis. La facture et un papier qui résume mes souvenirs sont posés dessus. Bonne chance, Magnum. »

Je m'apprêtais à quitter la pièce quand Trix a hurlé : « À mon tour ! »

J'ai vu Gary faire un mouvement de recul. « Vous êtes sûre ?

— Je veux des couilles ! Mike, attends un peu. Je veux essayer. »

Elle a pouffé de rire.

Je me sentais bizarre comme pas possible et j'étais épuisé. « Je t'attends dans la voiture », lui ai-je répondu avant de passer dans la chambre d'amis et de refermer la porte derrière moi.

Les notes étaient rédigées par un flic, fragmentées mais aussi compréhensibles qu'un portrait-robot écrit. Les détails et la facture ne m'ont pas empli de joie. Ma chance merdique s'accrochait à moi comme à une cuvette de chiotte.

C'est ce qui m'a traversé l'esprit quand j'ai baissé les yeux vers la pile de vêtements pliés sur le lit.

Mon pantalon était, bien évidemment, taillé pour un homme à testicules normaux.

Je me suis assis avec douceur au bord du lit et je me suis efforcé de ne pas pleurer.

Mes testicules reposaient sur mes cuisses.

Le volume de la musique a augmenté. J'ai entendu des rires et des applaudissements.

J'ai manqué me péter le dos en me penchant pour enfiler mes chaussettes. Je n'allais pas me faire chier à essayer de mettre mon caleçon. Sans calbute, ça ferait l'affaire, il fallait juste faire très attention en remontant la braguette. Mettre ma chemise a été plutôt simple mais le défi principal serait le pantalon. Maladroit, j'ai passé mes pieds dans les jambes pliées en accordéon, puis je me suis rallongé sur le lit. Je me suis soudain rappelé une copine, à l'époque de mon adolescence : je la regardais se coucher et se tortiller dans tous les sens pour rentrer dans son jean en stretch, et je me disais, Merde, ça lui va super bien mais est-ce que ça mérite tout ce cirque ?

Ho ho. Elle n'allait pas quitter la maison avec les fesses à l'air. Et moi non plus, d'ailleurs. J'ai glissé les doigts dans les passants de la ceinture et j'ai tiré le futal, centimètre par centimètre. Je me répétais que je me débrouillais bien. Que c'était un pantalon large. Qu'il n'y avait pas moyen que mes couilles aient si grossièrement gonflé qu'elles ne puissent plus être tassées dedans. Je l'ai remonté de deux centimètres supplémentaires. C'est bien, Mike. Deux centimètres par-dessus tes boules, espèce de petit malin. Hiii. Le métal froid de la braguette, à un endroit où il ne devrait jamais, jamais se faire sentir. Lève le cul, récupère un mini espace pour gigoter…

J'ai réussi à fermer le bouton du haut et je me suis penché en avant pour voir comment je m'en sortais.

Le secteur avant du pantalon ressemblait à une pastèque planquée dans la poche d'un kangourou. Même pas question de songer à fermer la braguette. Mais je me suis aperçu qu'en laissant pendre ma chemise, elle dissimulait plutôt bien mes testicules. Excellent. Veste sur le dos, paperasse dans la poche, et prêt à partir. Je me suis levé et j'ai grogné. Je ne les avais jamais sentis aussi lourds. Je me suis dirigé vers la porte en me dandinant plus qu'en marchant, et j'ai eu peur que mon plan ne fonctionne pas.

Le coin de la maison où je traînais était désert. Tout le monde s'était rassemblé dans la douche et semblait, d'après les sons qui s'échappaient, passer du bon temps. Je me suis déhanché jusqu'à l'entrée, mes couilles tellement comprimées contre le tissu du pantalon que j'étais sur le point de vomir. Mais il me fallait juste atteindre la voiture. Je suis sorti, j'ai refermé la porte sans bruit et le bouton de mon pantalon a pété.

La nuit tombait déjà. Les lumières étaient allumées dans les maisons voisines. Des aboiements de chiens en pleine bagarre ont retenti dans le jardin d'à côté. J'entendais des enfants jouer en bas de la rue, et leur jeu semblait impliquer une mort quelconque.

J'ai maintenu mon pantalon de la main gauche et j'ai soulevé mes bourses de l'autre. J'ai marché aussi vite que j'ai pu jusqu'à la voiture en portant mes testicules. Autant dire que je n'avançais pas bien vite.

Je n'aime pas imaginer le spectacle que je devais donner à cet instant, transportant mes attributs le long de l'allée jusqu'à mon véhicule. Je me suis dit, entre deux gestes lents et douloureux, que j'avais enfin touché le fond.

Réflexion totalement conne. Mais alors totalement.

16

Pour entrer dans la voiture j'ai été obligé de danser un petit limbo, le dos penché en arrière et le poids de mes parties génitales monstrueuses qui balançait devant moi.

Portière enfin fermée, bourses posées sur mes cuisses, j'ai soupiré avant d'allumer la radio et de m'installer pour attendre Trix. J'ai regardé ma montre. J'ai regardé par la fenêtre. Je me suis demandé combien de temps il fallait pour faire gonfler les lèvres d'un sexe féminin jusqu'à ce qu'elles ressemblent à de minuscules gonades. Les minutes rampaient lentement.

J'ai appuyé sur le bouton, au hasard, et je suis tombé sur une station intéressante où le speaker se présentait comme « La voix libérale de l'Ohio », mais ce qui a suivi ressemblait à un enregistrement d'un mec hurlant à pleins poumons pendant des plombes, sur une note très aiguë.

J'ai zappé encore un peu, surfé sur des stations de soft rock, une diffusion bizarre d'une voix de femme lisant une suite de numéros avec lenteur, et ce qui m'a semblé être une radio. Un homme y expliquait d'une voix tonitruante, comme s'il s'adressait à un môme, que tous les Californiens aimaient la sodomie. « J'aime l'Église. Ils aiment la sodomie. J'aime la famille et les enfants. Ils aiment se faire avorter. Non, c'est vrai. Une bande de Juifs païens qui haïssent Jésus et l'Amérique. Et on me traite de nazi quand je dis ça. Permettez-moi de vous dire : Hitler a toujours respecté l'Église. Et il *détestait* les cigarettes. »

La voix d'un présentateur s'est fait entendre pour me préciser que je venais d'entendre Proinsias Kernahan, président de la Ligue catholique, et pour me demander d'écouter ces quelques messages publicitaires avant d'accéder au reste de l'actualité. Seigneur Dieu, c'était l'heure de fumer une clope. J'ai à nouveau enfoncé le bouton de recherche automatique, repêché un paquet de Dunhill froissé, et j'ai allumé ma cigarette avec soulagement. La radio a parcouru les ondes un instant pour atterrir sur un programme amateur. J'ai écouté en inhalant et j'ai compris qu'il s'agissait d'une station à micro-ondes. Deux gamins qui émettaient depuis une arrière-salle, quelque part. Quelque part dans le quartier. Les gamins, dont un semblait défoncé jusqu'aux yeux, expliquaient que leur signal radio n'atteignait pas plus de quelques kilomètres, et encore, quand le vent soufflait par-derrière, qu'on se tenait au sommet d'une colline, bras tendus, un cintre en métal fixé sur la tête.

Le non-défoncé était intelligent. Entre deux morceaux – produits visiblement par des groupes locaux sans label, et dont certains étaient plutôt pas mal – il racontait ce qu'ils faisaient et pourquoi. En diffusant du rock indé local, ils soutenaient la communauté et passaient des titres cédés gracieusement ne donnant pas lieu à des royalties. Ils n'étaient pas, insistaient-ils, des pirates. Ils en profitaient même pour repérer des groupes, ajoutait-il – l'autre, le mec qui n'avait pas fumé un champ entier d'herbe, celui qui était visiblement le Geek en Chef –, et squattaient le 94.2, un espace clean entre deux stations de soft rock et de musique light. C'était ça, l'intérêt : la plupart des ondes sur Colombus étaient infestées de soft rock, de country et d'émissions chrétiennes. Toutes les entités radiophoniques majeures autour de la ville diffusaient les mêmes choses. Elles avaient toutes leurs stations chrétiennes, leurs stations de rock facile pour adultes qui jouaient les disques qu'on piquait à nos parents quand on était gamins pour s'en servir de cendriers.

Ça m'a soudain heurté de plein fouet : je ne me souvenais pas de mon dernier concert. De la dernière fois que j'avais écouté de la musique live. De la dernière fois que j'étais allé en boîte pour voir un DJ.

Ils ont passé un autre groupe local, avec ses sonorités métalliques et sourdes qui lui donnaient une vraie résonance live. Le batteur se lançait sur les toms puis se vautrait dans un joyeux bordel comme s'il avait balancé son instrument dans les escaliers. La basse s'est incrustée et l'arrière de ma voiture a vibré. Le guitariste a fait hurler les cordes et j'ai éclaté de rire tellement c'était bon. Puis tout a été noyé sous une tonne de parasites, dix secondes de silence et une bagarre en arrière-plan. Quelqu'un était entré dans leur studio amateur et l'un des gamins, sûrement le malin, venait de rouvrir les micros.

« On est le FCC, a proclamé une voix puissante. Foutez-vous à poil et mettez ces uniformes orange.

— Putain, mais qu'… a fait Ganja Boy.

— Les opérations de diffusion pirates ont été reclassées, Terrorisme des ondes. Vous allez vous balader avec des clebs au cul à Abu Ghraib pour les cinq prochaines années, bande de sales petits bâtards.

— C'est une radio communautaire !

— Si on tenait à développer les radios communautaires, on aurait demandé à Clear Channel de les gérer. Mettez ces masques, tant que vous y êtes. Finie la musique diabolique pour vous, les Ben Laden radiophoniques. »

J'ai éteint la radio, dégoûté, me demandant si tout ça n'était pas ma faute, pour avoir écouté et osé apprécier.

Je me suis un peu énervé.

Peu de temps après, la portière côté passager s'est ouverte, Trix a grimpé dans la voiture, sourire aux lèvres.

J'ai pris une longue inspiration. « T'es prête ?

— Prête. T'aurais dû rester, a-t-elle fait en jetant un œil au tableau de bord. Qu'est-ce qui est arrivé à la radio ?

— Pétée.

— On dirait qu'on lui a collé un coup de pied. Quelqu'un a essayé de braquer la voiture ?

— Faut croire. » J'ai démarré. « Allez, on y va. Il faut que j'achète des billets d'avion.

— On va où ?

— Au Texas », j'ai grogné.

Elle m'a regardé. De haut. En bas. Et elle a pouffé de rire. « Il paraît que tout est plus grand, là-bas.

— Oh, ha ha. » J'ai réajusté ma chemise. Et je me suis rendu compte que les choses avaient un peu changé.

J'avais dû rester dans la voiture quelques heures. Mes couilles avaient diminué de volume et quasiment regagné leur taille normale. Mon pénis, par contre, était bien plus gros qu'à l'habitude. Cinq ou six fois plus gros, je dirais. Et comme je n'avais pas remis ma chemise en place, il dardait de mon fute comme un salami transporté par un contrebandier incompétent.

« Ils m'ont dit que les effets de la solution saline s'estompent au bout d'une heure ou deux, a fait Trix. J'imagine qu'elle doit migrer doucement. »

Elle s'est approchée à deux doigts de moi et a murmuré : « Si c'est le cas chez moi, mon clito ressemblera à une boule de billard. »

J'ai enclenché la première et j'ai défoncé l'accélérateur. « Tu ferais bien de dormir. Personne ne va s'amuser en missionnaire ce soir.

— Moi, ça me gêne pas que tu sois sur le dos.

— Je vais acheter nos billets d'avion et passer un coup de fil, et puis je vais me bourrer la gueule jusqu'à plus y voir. Tu trouveras un truc à faire de ton côté, pas vrai ?

— Pas de problème. Je vais me branler comme une folle. Tu veux regarder ?

— Putain, Trix…

— Mais qu'est-ce qui va pas chez toi, Mike ?

— Chez moi ?

— Oui, chez toi ! Je suis chaude comme pas permis, plus partante qu'une douzaine de lapines, je sais très bien que tu me mates en douce et là, tout à coup, tu te changes en moine. T'as peur de moi ?

— Mais non, j'ai pas peur de toi.

— Eh ben, tu me fais chier. Tu veux que je rentre chez moi demain ?

— Tu veux que je t'achète un billet de retour ?

— C'est pas ce que je t'ai demandé. Tu veux que je m'en aille ?

— J'achèterai ton billet de retour, si tu veux.

— Mais t'as quel âge ? Huit ans ? Réponds à ma question, Mike.

— Non.

— Putain ! Non quoi ? Non, je ne veux pas que tu partes ?

— Non, j'ai pas huit ans.

— Mike, je pourrais te briser le cou rien qu'avec mes lèvres mutantes.

— Oh, mais… »

J'ai garé la voiture sur le bas-côté, en vue de l'autoroute qui nous mènerait à l'hôtel.

« Trix… Non, je ne veux pas que tu partes. Si j'ai pas réussi à cacher que je t'observais de temps à autre, alors je suis désolé. J'ai jamais voulu te mettre mal à l'aise. Si tu veux t'en aller parce que je suis flippant, alors je t'achèterai un billet retour, je te paierai les jours travaillés et on en parle plus. Je suis désolé, d'accord ? »

Trix a poussé un soupir. Elle a regardé par la fenêtre. Elle m'a regardé.

« Mike, ce que je te demande, c'est de coucher avec moi.

— … oh.

— Oh. Avec la version Pour les Nuls, ça va mieux ? »

17

Si vous croyez vraiment que je vais vous raconter ma nuit avec Trix, vous avez un sérieux problème.

18

« Je crois que ça dégonfle enfin », m'a fait Trix.

J'ai jeté un œil. « Ouais, t'as plus de couilles de fille. »

Elle a émis son petit rire musical et s'est blottie contre moi. « J'ai décidé qu'on devrait faire ça plus souvent.

— S'injecter de la solution saline dans les parties ? »

Elle m'a mordu le téton. « Non. L'autre truc. Quoi que, tu sais…

— Pas moyen. C'était une aventure. Jamais plus je ne porterai mes couilles dans une brouette juste pour t'amuser.

— Et moi qui croyais que je te plaisais. Tu devais pas passer un coup de fil ?

— Merde. Si. Quelqu'un m'a déconcentré.

— Alors, c'est de ma faute, maintenant ?

— Exactement. » J'ai déposé un baiser dans ses cheveux. « Je l'appellerai plus tard. Il sera encore debout.

— À qui est-ce que tu dois parler ?

— À Bob Ajax. Un gars que j'ai rencontré à Chicago. Il s'est installé à San Antonio, il y a quelques années de ça. Un avis autochtone pourrait nous être utile.

— Ça n'a pas l'air de te réjouir.

— Oh, je l'aime bien, Bob. C'est un gars sympa. Ce qui m'emmerde, c'est la prochaine personne qu'on doit aller voir. » J'ai soupiré, essayé de me détendre. « C'est pas important. Pas maintenant, en tout cas.

— Non. C'est pas important. Tu restes ici. Ça fait combien de temps que tu n'avais pas baisé ?

— Eh bien, je me souviens avoir dit : Monsieur Lincoln, quand rencontrerai-je une épouse aimable ?

— Sérieusement.

— Depuis que ma copine est partie, en gros. Depuis quelques années.

— Tu déconnes.

— J'aimerais bien.

— Quelques années ? Je serais morte, moi. Mon vagin se serait refermé.

— Si tu regardes dans la capote, tu y trouveras un petit sceau de matière grisâtre.

— Oh, c'est dégueulasse.

— Tu fais ressortir le meilleur de moi-même. Il me faut une clope. »

Glacé et tout collant, les genoux tremblants, j'ai farfouillé dans ma veste quand un truc m'a soudain traversé l'esprit. Parce que je ne peux jamais lâcher l'affaire.

« Pourquoi ?

— Pourquoi quoi ?

— Pourquoi tout ça ? »

Elle a roulé sur le ventre, les pieds sur la tête de lit, et m'a dévisagé. « Je crois bien que j'ai envie de rencontrer ton ex. Et de la tuer pour me venger de ce qu'elle t'a infligé au cerveau.

— Non, sans déconner. Est-ce que c'était juste parce que… ?

— Parce que quoi ? Parce que ta bite était en pleine forme ? Parce que, quand je suis en chaleur, je saute au lit avec le premier corps que je croise ?

— Non », ai-je menti parce que, dit comme ça, je passais pour un salaud et ça ne pouvait pas être le cas. « Je… Tu ne t'intéressais pas à moi avant… pas comme ça. »

Elle m'a regardé fixement. « Mon Dieu, Mike.

— Quoi ? T'es venue pour ta thèse et pour le boulot. Je le sais bien. C'était notre marché, je suis pas énervé, hein. »

Ses yeux ressemblaient à deux soucoupes. « T'es. Complètement. Attardé.

— Qu'est-ce que j'ai encore fait ?

— Mike, j'ai eu envie de t'embrasser à la seconde où tu m'as fait rire. Mais tu es toujours… flippé. Tu flippes de *tout*. Mike, t'es un mec génial et tu me fais rigoler, et tu voulais que je parte avec toi à l'*aventure*. Tu crois que ça m'arrive, genre, souvent ? Tu veux savoir la dernière fois qu'on s'est intéressé à moi pour ce que j'avais dans la *tête* ? »

Je suis resté là comme un con, cigarettes à la main, incapable de trouver une répartie.

« Tu piges pas ce que je dis, hein ? a fait Trix dans un sourire.

— … euh.

— Très bien. Version Pour les Nuls. J'avais envie de passer du temps avec toi pour voir où tout ça nous mènerait. Je suis une traînée, mais je ne me donne pas pour des barres chocolatées : je couche avec les gens que j'apprécie. Je t'apprécie beaucoup. Je ne suis pas venue pour la thune ou pour ma thèse. Je suis venue parce que tu me plais et parce que tu m'as emmenée à l'aventure. Ça te va ?

— … une traînée ?

— Viens ici. »

Je suis retourné dans le lit, oubliées les cigarettes. Elle a tendu les mains, m'a chopé par les tétons et m'a attiré vers elle.

« Voilà comment ça va se passer. On va continuer notre voyage tant qu'on le peut. On va apprendre à se découvrir et à vivre ensemble. On va devenir amis. On va rentrer à New York et rester amis. Et on va faire l'amour, genre, souvent. C'est ce que je fais avec mes meilleurs amis, parce que ça nous soude et que c'est marrant. Et maintenant, tu vas dire que tu es d'accord.

— Oui.

— Très bien. Tu vois, c'était pas compliqué. » Elle m'a fait rouler sur le dos et m'a dévisagé. « Hm. On va peut-être avoir besoin d'une corde.

— Oh mon Dieu.

— Dieu ne te sera d'aucune aide, Mike. Il n'y a que moi, ici. »

19

« Bob ? Ici Mike McGill. »

Bob avait annexé un petit bout du Texas dans son accent.

« Mike ! Putain, mon pote, ça fait des siècles ! Comment va ?

— Je t'ai emboîté le pas et j'ai quitté Chicago, moi aussi. Je me suis installé à New York.

— C'est cool, mec. Je me suis toujours dit que tu étais le plus intelligent de l'agence. Alors, quoi de neuf ?

— Tu vis toujours à San Antonio ? »

Il a ri. Son rire semblait légèrement crispé. Je l'ai ignoré, nerveux.

« Bien sûr. T'as besoin de quelque chose ?

— Écoute, mon associée et moi, on arrive aujourd'hui pour enquêter sur une piste. Tu pourrais nous donner quelques renseignements sur le coin ?

— Putain, évidemment, je viendrai vous chercher à l'aéroport. Vous avez réservé un vol ? »

J'avais acheté les billets par téléphone et je lui ai communiqué les détails de notre parcours. Après ça, j'ai raccroché.

« Hin, ai-je lâché, debout devant le téléphone.

— Y a un problème ? a demandé Trix depuis la salle de bains.

— Je sais pas. Il avait pas l'air bien.

— Développe.

— Rien n'affecte jamais Bob. Il est en Téflon, rien ne s'accroche à lui, tout glisse. Il ne radotait qu'une fois bourré. Là, il m'a semblé… pas stressé, mais crispé. Pas typique de Bob, ça.

— Tu ne l'as pas vu depuis un moment, pas vrai ? Au fait, ça me plaît bien d'être ton associée.

— Ouais, ben comment tu voulais que je te présente autrement ? J'allais pas dire que t'étais ma copine. »

J'ai attendu.

« Non, c'est sûr », a répondu la voix.

Merde.

« Fuck friends ne fait pas très pro non plus », a-t-elle fait en riant. Juste histoire que je sois bien à la masse et que je ne sache plus à quoi m'en tenir.

Elle est sortie de la salle de bains en trébuchant, des flammes dessinées autour des yeux. « Alors, c'est quoi le plan d'attaque, chef ?

— Bob vient nous chercher à l'aéroport, on trouvera un hôtel et il nous donnera des infos sur notre prochaine visite.

— Qui est… ?

— T'as déjà entendu parler de Roanoke Oil ? »

Son visage s'est illuminé. « Oui. De vrais éco-criminels.

— Je savais pas. Bref, on va s'amuser. Notre bouquin a été acheté par nos petits copains dégueulasses de la famille Roanoke.

— Oh, waouh. C'est intéressant. Il y a combien de temps ?

— Trois ans, je crois.

— Waouh. Tu sais qu'un Roanoke était candidat aux dernières présidentielles ? »

Les éléments ont fait clic clic clic dans mon cerveau. Et, je ne sais pas, appelez ça le contrecoup d'une expulsion de sperme millésimé, appelez ça la gêne soudaine d'être obligé de lui apprendre l'autre version de la vérité, appelez ça comme vous voudrez, putain, j'en ai rien à foutre. Mais je lui ai demandé de s'asseoir et je lui ai expliqué à qui appartenait vraiment le livre. Je lui ai répété ce qu'on m'avait appris, et à quoi il servait.

Au bout d'un moment, elle a expiré une longue bouffée d'air : « Putain de merde.

— Ouais.

— Putain de *merde.*

— Tu l'as déjà dit.

— Pourquoi tu penses qu'il cherche à le récupérer ?

— Eh bien, je ne crois pas que ce soit un livre magique. Je pense que c'est un morceau d'histoire qu'il veut balayer discrètement sous son tapis, plutôt que de savoir qu'il circule en pleine nature. »

Trix s'est levée. S'est rassise. A réfléchi un instant. S'est relevée. « Je peux avoir une cigarette ? »

Je lui ai tendu le paquet et le briquet. Ses doigts se souvenaient parfaitement des gestes quand elle a allumé sa clope. Je me suis senti coupable de la faire replonger. Elle a inspiré la fumée et l'a toussée en gros nuages bleus. « C'est quoi, cette merde ?

— Des cigarettes bio. »

Elle a regardé le paquet. « Tu fumes des trucs qui s'appellent *American Ghost* ? Putain, Mike. Bio, dans quel sens ? Faites à base de cadavres humains ?

— Ça va mieux ?

— Nan !

— Oh. »

Elle a exécuté sa cigarette sans jugement dans le cendrier. « Mike, je travaille pour la Maison Blanche.

— C'est pour une *aventure.*

— C'est pour le *gouvernement.*

— C'est leur argent qu'on dépense. C'est avec leur argent que je te paie. C'est eux qui financent notre aventure parce que, ben, ils sont tarés et ils pensent qu'un livre magique se balade sans chaperon sur le sol américain. C'est pas un livre magique. C'est une antiquité un peu gênante et ils me paient une somme faramineuse pour que je remette la main dessus. Cela dit… »

Trix a rencontré mon regard : « … cela dit, un Roanoke a tenté sa chance aux présidentielles.

— Ouais. C'est ce que tu m'as appris tout à l'heure. Et comment ça s'est fini ?

— Il n'a pas réussi à s'inscrire sur les listes. Pire que Ralph Nader. Il a dépensé une fortune mais tout a capoté. Le collectif Indymedia a surnommé ça *Jalousie Bush.* Tu vois, ce qui a dérouté les gens, c'est qu'il n'avait absolument aucune expérience, de rien du tout. À côté de lui, Ross Perot ressemble à JFK. Personne ne comprenait pourquoi il était persuadé de pouvoir remporter ces élections. Mais je me dis maintenant, tu vois, que s'il avait le bouquin, si c'était vraiment une autre Constitution, vrai de vrai…

— Ouais.

— *Ouais.* S'il avait réussi à s'engager dans cette course politique, il aurait pu, je sais pas moi, l'exhiber, l'utiliser comme arme secrète…

— Attends une seconde. » Je me suis allumé une cigarette d'un geste leste. « Tu raisonnes plus vite que moi. Quand tu as parlé d'une candidature à la présidence, un drapeau rouge s'est levé dans mon esprit, mais parce que c'était la première connexion politique que j'arrivais à faire avec le livre. Tu crois qu'il pourrait être utilisé comme instrument secret pour hisser quelqu'un jusque-là ?

— Je sais pas. Enfin quoi, si ton gars pense sincèrement que le bouquin est plein de… de quoi, d'ailleurs ? De préceptes qui peuvent guérir le pays ? Si ton gars y croit vraiment, alors d'autres imbéciles peuvent y croire aussi. Un livre qui pourrait sauver l'Amérique, signé par tous les Pères fondateurs…

— … Putain, c'est intéressant. C'est vraiment très intéressant. Il faut qu'on saute dans l'avion.

— Tu l'as dit, putain. »

20

Au portail d'embarquement, une agente de sécurité ivre morte offrait des cutters aux passagers.

« Mon salaud de mec à San Antonio, bavait-elle en déposant dans ma main la poignée en plastique collante d'une sueur mêlée de bière. Détournez cet avion, allez l'écraser sur ce putain de fort Alamo. »

Trix et moi avons jeté les cutters dans la poubelle la plus proche. J'ai regardé en arrière pour apercevoir une équipe de flics la jeter au sol à coups de matraque. « Je suis blanche, bande d'enculés ! » a-t-elle hurlé jusqu'à ce que l'un d'entre eux l'immobilise d'une décharge de Taser. Les flics se sont massés autour d'elle et l'ont observée en silence qui se débattait au sol comme un poisson hors de l'eau.

« Encore une belle excursion au zoo, m'a murmuré Trix. Avance, Mike. »

21

Bob Ajax nous attendait dans le hall d'arrivée à l'aéroport de San Antonio. Énorme à cinquante ans, il affichait un sourire comme s'il venait de dépenser toutes les économies de Dieu.

« Mike McputaindeGill, a-t-il hurlé. Mec, t'as perdu du poids. New York te tue à petit feu ou quoi ?

— Regarde ton bide : t'as bouffé ta dernière femme ?

— Connard. Je vois que tu as des fréquentations un peu plus potables, en ce moment. »

Trix l'a scanné en une seconde et lui a rendu un sourire sexy un peu tordu. « Trix Holmes. Je suis l'associée de Mike.

— Putain. Ça ne m'embêterait pas d'avoir une associée comme toi.

— Tu n'aurais pas les moyens de me payer, Bob. »

Bob a éclaté de rire. Il a toujours adoré les filles qui lui répondaient juste un peu. *Des filles couillues*, ça lui plaisait. Des filles qui pensaient par elles-mêmes et qui pouvaient lui prouver qu'il avait tort, là où, évidemment, les salopes castratrices devaient être noyées dans un puits sans fond. Il avait entendu parler d'une région d'Islande où les femmes malhonnêtes étaient jetées dans la glace d'un puits sans fond. Un jour Bob s'était torché la gueule et avait tenté de creuser un puits semblable devant notre agence de Chicago à l'aide d'un marteau-piqueur volé et, dans les dernières minutes de son excavation, à l'aide de la tête d'un agent de police en faction. Je l'avais aidé à garder son boulot après le tollé général, ça avait soudé notre amitié.

Bob conduisait toujours la même voiture, une immense Lincoln Continental, vieille et cabossée, qui tenait encore debout à force de prières et de débrouillardise. Il a jeté nos bagages dans le coffre à moitié plein des, je cite Bob, « outils de la profession ». Puis il s'est glissé avec peine sur le siège conducteur.

« T'as un truc qui ressemble à un harpon, Bob. Tu vas souvent à la pêche à la baleine à San Antonio ?

— C'est un persuadeur. Ça défonce les loquets des portes. Un outil de la profession. Tu vois le tube noir juste à côté ?

— Ouais.

— *Ça*, c'est un harpon. Il est pas chargé. Faut que j'achète des munitions. Parce que je suis plus tout jeune, tu vois, et ces enculés courent vite.

— Tu harponnes les gens ?

— Un peu. »

La Lincoln a toussoté en sortant du parking. Il faisait chaud et la clim dégageait une odeur étrange, comme si un petit animal poilu s'était coincé dedans. J'ai ouvert la fenêtre.

« Ouais, désolé, a fait Bob en lisant l'expression de mon visage dans le rétroviseur. Y a un rat bloqué là-dedans, quelque part. Ce petit bâtard attend que je cède. Mais c'est mal connaître Bob Ajax.

— Les rats peuvent être tenaces. On est à combien de temps de l'hôtel ?

— Quarante minutes. Parle-moi de ton affaire.

— Tu veux la version courte ? Un vieux fou plein aux as de Washington a perdu un bouquin précieux et m'a embauché pour le retrouver. La piste nous a menés jusqu'ici. Jusqu'à la famille Roanoke.

— Bon, je voulais pas t'en parler au téléphone. Mais ça pourrait bien être la fin de ton voyage. »

Trix a sauté dans la conversation. « Comment ça, ne pas en parler au téléphone ?

— Tu m'étonnes, a fait Bob en haussant les épaules. Faut pas déconner, quand les Roanoke sont impliqués. Les deux trucs les plus dangereux au monde, c'est les riches et les fous. Les Roanoke sont riches comme Crésus et plus tarés qu'un bébé niqueur de serpents. »

Trix m'a décoché un regard. Je n'ai pas réagi. Je connaissais bien Bob. Et ça n'a pas coupé, je l'ai vu battre des paupières dans le rétro tandis qu'il nous observait. Ses épaules se sont crispées.

« Ils ont tous les mauvais amis imaginables à travers le Texas, ma petite dame, a-t-il grogné. Les gens leur sont redevables. Ils ont compris cette forme de pouvoir : ils ne se montrent pas trop et attendent que les gens apportent leur tribut. Ils dépensent sans compter et s'attachent à ce que tout le monde ait un jour une dette envers eux. Vous croyez vraiment que des mecs comme ça se contenteraient de moins de mille micros et autres appareils d'écoutes téléphoniques ? »

J'ai jeté un regard absent par la fenêtre, tendu la main pour attraper celle de Trix que j'ai serrée d'un coup rapide et sec.

« Tu dois avoir raison, a fait Trix.

— Tu parles, que j'ai raison, a répliqué Bob d'un air apparemment rasséréné.

— Combien de temps jusqu'à l'hôtel, déjà ? » a soupiré Trix.

L'autoroute insipide frôlait des usines, des maisons, des parkings et des magasins. Le paysage n'était pas bien différent de Columbus. La circulation s'est densifiée après la sortie. Pas un seul humain dans les rues.

« Personne ne circule à pied, par ici ?

— Ah, tu arrives à une époque bien étonnante, Mike. Cette année, le budget de la ville est plus élevé que prévu et tu sais ce qu'ils vont faire ? On va nous bétonner des trottoirs !

— Y a pas de trottoirs ? » a marmonné Trix. Elle s'entraînait à répéter cette phrase.

« Bande de Côte Esteurs. Vous êtes un tas de petites colonies minables aux confins de la Véritable Amérique, vous le savez ça ?

— Marcher, ça fait de nous des minables ? ai-je répliqué en riant.

— C'est bon pour vos minuscules villes surpeuplées comme New York, a déclaré Bob en se redressant dans son siège. Mais ici, on est dans une région immense, il nous faut des voitures immenses et de la place pour les faire rouler. Cette histoire de trottoirs, ça veut simplement dire qu'on est prêts à faire des concessions pour accueillir nos cousins du Pays des Minables. Nous, on a un cœur immense, dans le coin.

— Putain, mais t'es né à Minneapolis.

— On naît texan, mais on peut aussi le devenir, et les nouveaux arrivants n'en sont pas moins texans. J'adore ce coin, putain. »

Quelques minutes plus tard, il s'est mis à pleurer et a dû garer la voiture sur le bas-côté.

« Ils me détestent, a-t-il haleté entre deux profonds sanglots douloureux, son gros visage doux tordu de tristesse. Que Dieu me vienne en aide, Mike. Ils me détestent tous, putain, comme si je collectionnais les pets d'Hitler. »

22

Bob ne voulait pas en parler. Il nous a conduits jusqu'à l'hôtel dans un silence de marbre, nous a annoncé qu'il viendrait nous chercher à 20 heures pour dîner, puis s'est éloigné en trombe.

L'hôtel était luxueux, parce que j'en avais eu envie. Et cette fois-ci, j'avais réservé une seule suite au lieu de deux chambres. Trix n'a fait aucun commentaire quand nous sommes entrés dans la pièce. Elle a souri et s'est jetée sur le minibar.

Chaussures enlevées, doigts de pied en éventail, sourires échangés, la vie était plutôt belle.

« Alors, a fait Trix. Ton pote Bob.

— Il a viré complètement taré.

— C'est mon opinion éclairée à moi aussi, oui. Qu'est-ce qui s'est passé ?

— J'en sais pas plus que toi. Ça faisait des lustres que je ne lui avais pas parlé. Il était un peu bizarre quand il avait bu, mais rien à voir avec ça. Bob était un dur à cuire. Toute cette histoire dans la bagnole, je ne comprends pas d'où ça sort. Je dirais qu'il s'est foutu dans la merde ici. » J'ai soupiré et me suis étiré. « J'ai pas trop envie de savoir dans quel genre de merde, par contre.

— Tu veux sortir ?

— On va dîner dans quatre heures.

— Allez, Mike. C'est pas en restant dans une chambre d'hôtel qu'on visite l'Amérique.

— Bien sûr que si. Par la fenêtre, on voit très bien le paysage.

— Tu sais de quoi je parle. Allez. Il faut qu'on aille jeter un œil interloqué à tous ces Texans bizarres.

— Pour quelqu'un qui joue les incollables en matière de pervers, je te trouve bien mauvaise langue sur le Texas.

— Oh, lâche-moi un peu, tu veux ? C'est Jésusland, ici. L'État rouge. Le pays de Ma Ferguson.

— De qui ?

— Mike, t'es un vortex d'inculture.

— Sûrement. Qui ça ?

— Ma Ferguson. Gouverneur du Texas dans les années 20. Quand quelqu'un essayait d'enseigner l'espagnol à l'école, tu sais ce qu'elle disait ? Si l'anglais convenait à Jésus-Christ, alors il convient au Texas ! Mike, c'est des gens comme elle qui veulent foutre les gens comme moi en prison. »

J'ai fini mon verre. Je lui ai lancé un sourire doux. « C'est Miriam Amanda Ferguson, jeune fille. Elle s'est présentée comme candidate anti-Ku-Klux-Klan à une époque où le groupe comptait plus d'un demi-million de membres. Elle a gracié deux mille prisonniers. »

Trix a froncé les sourcils. « Tu te fous de ma gueule. » J'ai fait un geste du pouce en direction de la fenêtre. « En 1939, un orateur du mouvement pour les droits civiques devait prononcer un discours à San Antonio, avec l'autorisation du maire. Le Klan a préparé une émeute et a tenté d'assassiner le maire. Peu de temps après, les membres du Klan ont été bannis de la ville et, aujourd'hui, ils n'y possèdent plus aucun bâtiment. Tu sais comment s'appelait le maire ?

— Non, mais tu vas me le dire. Ça t'amuse trop, tu ne pourras pas te retenir.

— Maverick. »

J'ai souri en observant son visage.

« On aurait voulu l'inventer pour rire qu'on aurait pas pu.

— Qu'est-ce que tu cherches à me dire ?

— Ce que je cherche à te dire. Oui. Que les gens sont les mêmes partout. Tu débarques pas dans la jungle à l'instant où tu mets les pieds dans le Sud. Les mecs du Texas, du Minnesota, du Montana, tous les mecs des États qui commencent par T ou M, tous. Tous pareils, un mélange de connards et de héros, de gentils et de gros nazes.

— Et c'est ça ta bonne raison pour éviter d'aller te balader ? Que tout le monde se ressemble ?

— Ouaip.

— T'es un gros branleur paresseux.

— Aussi, oui. Mais ton histoire de Nous-contre-Eux, ça ne marche pas, parce qu'il n'y a que Nous.

— Oui, mais t'es surtout un gros branleur paresseux.

— Ouaip.

— Comment tu sais tout ça, d'abord ?

— Quand je bossais chez Pinkerton, j'ai dû mettre à jour un dossier confidentiel sur le Klan. J'étais plutôt méticuleux et j'ai une bonne mémoire. Tu sais que, dans certains bleds, les membres du Klan sont devenus les gardiens de la moralité et qu'ils se sont mis à attaquer les Blancs qui divorçaient ?

— Et tu as la tête pleine de toutes ces infos inutiles ?

— Tu crois pas si bien dire. Bon. » Je me suis extrait avec peine de mon fauteuil. « Allons voir le fort Alamo. Il paraît qu'il a changé depuis qu'Ozzy Osbourne a pissé dessus.

— Il est marrant, Ozzy Osbourne. Mais il n'a jamais fait ça, si ? C'est comme l'histoire de la chauve-souris.

— Si. Ozzy Osbourne a pissé sur l'Alamo. Mais il ne portait pas de robe. Par contre, je sais qu'il a eu un traitement de faveur. Une amende de deux cents dollars pour état d'ivresse dans un lieu public. Mais son délit s'appelle "profanation de lieu saint", l'Alamo est officiellement un sanctuaire. Ça aurait dû lui valoir un an de prison ferme.

— T'essaies de m'ennuyer jusqu'à ce que je tombe dans le coma, tout ça pour éviter de sortir te balader, c'est ça ?

— Tout à fait. Et je vais d'ailleurs te parler de cette tribu indienne de traîtres, les Potowatomi, qui s'est rangée aux côtés des Français et des Anglais avant que le Texas –

— D'accord, d'accord, je vais regarder la télé.

— Mais tu sais quoi ? Si tu regardes attentivement le mur principal de l'Alamo, en haut à droite, tu peux lire 666 gravé dans la brique, et c'est visible depuis qu'Ozzy a pissé sur le bâtiment. Enfin, si tu préfères regarder la télé. Ça me va. Je marche. »

Trix m'a frappé avec tout un tas de trucs.

23

Et pour me faire pardonner d'avoir joué les cons, il a fallu que je lui offre des fringues.

On allait dîner et elle était inquiète pour Bob. Plus inquiète que moi, je m'en rends compte aujourd'hui, ou peut-être plus sensible à sa touche de folie. Je crois que je voulais toujours voir en lui le Téflon Bob d'avant. Du coup, elle ne voulait pas porter une tenue qui pourrait la faire remarquer dans une ville plutôt conservatrice. Elle ne voulait pas gêner Bob. Et j'avais besoin, apparemment, d'être puni pour avoir tenté de lui faire la leçon.

Non pas que j'en aie eu l'intention. Je jouais juste les cons. On est partis faire du shopping.

Acheter des vêtements, c'est un Truc de Petit Copain. Tu poireautes et tu regardes d'un œil vide les morceaux de tissu pendus aux cintres, tu mates les étiquettes et tu te demandes comment un machin qui te couvrirait tout juste la couille droite peut coûter le prix d'un rein, et tu observes les vendeuses qui te surveillent et qui se demandent ce que tu fous avec elle, vu qu'elle est mignonne et que toi t'as plutôt un air bizarre, et elle essaie ses fringues et tu reluques son cul dans une bonne douzaine de modèles différents qui te paraissent identiques, mais faut bien reconnaître que tu te contentes juste de détailler son cul et que tout finit par se mélanger, et quelqu'un colle un aspirateur dans ton portefeuille pour récolter tout ton liquide, et tu sors de la boutique avec un sac tellement minuscule que deux souris ne pourraient même pas y niquer. Tu répètes la scène une douzaine de fois. Ou jusqu'à ce que ton cerveau décède.

Tout ça pour dire : c'est un Truc de Petit Copain. Et tu n'es pas le seul, toi, le Copain, à le croire. Toutes les vendeuses te prennent pour le Petit Copain.

Surtout quand vous rigolez, quand vous vous taquinez, quand vous vous embrassez, quand vous vous tenez par la main. Et quand tu portes ses sacs. Ça fait vraiment Truc de Petit Copain.

Le gouvernement des États-Unis a offert une belle garde-robe à Trix.

J'espère que c'est clair, je faisais mon maximum pour que notre situation ne me semble pas trop bizarre. Je me répétais, Profites-en tant que tu peux, sois naturel, ne te prends pas la tête pour un truc qui n'est pas compliqué. Le mantra habituel quand tu sors avec une femme sans vraiment sortir avec elle, alors que tu voudrais tellement sortir avec elle.

Vous avez remarqué à quel point ces conneries ne vous aident pas à garder la tête froide ?

24

Bob est venu nous chercher devant l'hôtel, avec son visage du Bob d'avant et plus aucune trace de son craquage émotionnel. J'ai décidé de ne pas chercher plus loin, et Trix a lu dans mes pensées. Elle portait des vêtements moulants noirs : toujours dans son style, mais couvrant ses tatouages. Elle avait troqué ses bottes pour une paire d'escarpins à talons bobine. « Tu sais qu'il va être attentif à ce que les autres pensent de lui, m'avait-elle dit. Alors pourquoi lui rendre la tâche plus difficile ? C'est pas comme si j'échangeais mon cerveau pour celui d'une pauvre gourde. T'as besoin de son aide, pas vrai ? Alors ne lui donnons pas de raison de flipper. »

De mon côté, je voulais juste passer une soirée tranquille.

Le resto à viande s'appelait Ma's Place.

« Pas de panique, m'a murmuré Trix alors que je me crispais. C'est juste une coïncidence.

— C'est un signe, Dieu va chier dans mon assiette.

— Dieu n'existe pas. Détends-toi, j'ai pas envie d'avoir deux mecs flippés à gérer ce soir.

— Je vais prendre le Spécial, a fait Bob à la serveuse en s'étirant sur sa chaise.

— Z'êtes sûr ? » a répondu la serveuse en lui jetant un œil dubitatif. Et quand je dis un œil, c'est le cas, vu que l'autre était caché sous un bandeau. J'ai vu Trix regarder le tatouage sur l'avant-bras de la femme, des lettres bleues maladroites, MOUSTIK.

« Un peu, que je suis sûr, a fait Bob avec un rire, son accent texan plus prononcé. La journée a été rude, j'ai besoin d'un bon steak pour nourrir mon corps d'homme.

— Si vous êtes sûr », a marmonné la serveuse avant de se tourner vers Trix et moi. On essayait encore de comprendre quelque chose au menu.

« Pas de choix végétarien ? a demandé Trix. Je ne suis pas une grosse mangeuse de viande.

— C'est un resto de viande, M'dame, a sifflé la serveuse. Si ça vient pas du dos d'une vache, on en vend pas.

— Y a le menu pour femmes », a fait Bobby pour rendre service.

Trix a rattrapé de justesse un juron sur le bord de ses lèvres, l'a ravalé et a lâché un « Ça sera parfait. À point. Avec une salade.

— Pas de salade. Les vaches ne font que chier la salade, M'dame. »

Trix a ri. « D'accord. Alors une petite portion de frites. Mike ?

— Putain. »

J'ai étudié le menu, désespéré. Tous les plats portaient des noms sans description utilisable. « Euh… un rumsteck ? Bien cuit. Avec des frites.

— Ça nous fait donc, un Spécial, une Assiette Délicate de Ma et une Mutilation Bovine trop cuite. Des boissons ?

— Une Assiette Délicate ? s'est moquée Trix tandis que la serveuse s'éloignait. J'aurais dû prendre le Spécial.

— Le Spécial est réservé aux hommes. C'est écrit sur le menu, a fait Bob en agitant le morceau de carton humide vers nous. Vous voyez ? Le Spécial – Pour Hommes.

— Et ils te filent un gourdin pour tuer l'animal ? a fait Trix, visiblement peu impressionnée.

— J'aimerais bien ! »

La serveuse est revenue avec nos boissons. Je me suis jeté sur ma bière comme un naufragé. Sauf que les naufragés ne rêvent pas forcément d'une bière. Vous voyez ce que je veux dire.

Bob a hérité d'un pichet de thé glacé. Il était tellement plein de sucre que la paille tenait toute seule. On pouvait voir la poitrine de Bob se soulever avec difficulté pour aspirer le mélange. La surface bougeait en petites vagues visqueuses, comme une flaque de goudron.

Bob a lâché un soupir et un rot. « Je vous le dis, moi, quand on trouve un coin comme ça en ville qui vous fait un si bon thé glacé, on s'arrange pour le garder. Bon. Parlons de votre affaire. »

Une fois encore, je l'ai racontée avec le moins de détails possible : un livre échangé circule à travers tout le pays, le collectionneur veut le récupérer mais ne sait pas trop où il a atterri, la piste nous a menés jusqu'aux Roanoke. « Ce qu'il nous faut maintenant, c'est parler aux Roanoke et voir s'ils ont toujours le bouquin. J'ai juste besoin de savoir ça pour dire au propriétaire qu'il peut lui être rendu.

— Alors on doit rentrer dans le ranch. Face à face, c'est ça ?

— Un truc dans le genre, oui. Juste pour parler.

— On ne sonne pas comme ça à la porte des Roanoke, Mike.

— Ben, c'est pour ça que je suis en train de discuter avec toi, Bob. C'est toi qui connais les coutumes du coin. Comment on fait pour rentrer et leur parler ?

— Hé. Ça, c'est l'ultime question pour gagner le million.

— Je veux juste leur parler. Je compte pas leur faire signer des documents légaux. C'est l'affaire de cinq minutes. Comment on fait pour passer cette porte ?

— Les Roanoke… Ils sont pas très branchés humanité, Mike. Surtout depuis que leur incursion dans la politique leur a explosé au visage.

— Ouais… a fait Trix. Je me disais, aussi.

— Les Roanoke ne comprennent pas pourquoi ils ne sont pas les Bush, pour résumer. Leur fortune est ancienne, elle vient de l'exploitation du pétrole, c'est une fortune bien plus vieille que celle des Bush. Le vieux Roanoke a passé pas mal de temps en opérations spéciales, des trucs de barbouzes, il a un tas d'amis bizarres. Ils s'étaient dit qu'ils pourraient ériger une puissance basée sur la politique locale, histoire de toucher le jackpot. Dans les années 80, le Vieux a tenté de gagner en influence sur la scène politique mais tout a foiré : désormais les espoirs reposent sur Junior. Mais ce qu'il faut que tu comprennes, Mike, c'est que les Roanoke ne sont pas des gens normaux. Enfin, c'est pas juste un truc du genre, «les riches sont pas comme toi et moi». Il y a des histoires qui circulent.

— Ah bon. » Je me suis concentré sur ma bière.

« Quel genre d'histoires ?

— Oh, Trix, il fallait vraiment que tu la sortes, celle-là.

— Mais je veux savoir. Je ne pouvais pas laisser cette perche pendouiller dans le vide, quand même. »

Bob a ricané.

« Qu'est-ce qu'il y a de si marrant ?

— Eh bien, une de ces histoires raconte que le Vieux a été conçu comme ça. Tu vois, quand on pend les gens, quand leur nuque se brise, ils éjaculent. Quand le père du Vieux s'est pendu, son épouse a récupéré son sperme et, euh… se l'est collé dedans. Alors bon, *pendouiller dans le vide*… ça m'a fait rigoler. Désolé. »

Des couverts ont heurté la porcelaine. Le couple entre deux âges assis à côté de nous avait cessé de manger et dévisageait Bob avec l'envie évidente de décharger un revolver dans sa tronche.

« Vous voyez ? a fait Bob d'un ton grinçant, penché sur la table. Ils ont des amis *partout*, putain. »

La porte de la cuisine s'est ouverte avec violence. La serveuse est apparue derrière une longue desserte roulante qu'elle poussait avec un effort exagéré en direction de notre table.

Une moitié de bœuf coupée dans le sens de la longueur était posée dessus. Comme si quelqu'un avait chopé un bouvillon, en avait tranché les deux extrémités avec une tronçonneuse avant de jeter le milieu sur un plateau à roulettes de trois mètres de long

Une corne dépassait encore du machin.

La viande était servie bleue ; froide, pour tout dire, légèrement frite histoire de boucher les quelques plaies, puis jetée sur le plateau. Si l'animal avait encore eu ses deux extrémités, un bon véto aurait pu le remettre sur pattes en une heure.

La serveuse a placé la desserte au bout de notre table avant de tendre à Bob un couteau à dents de scie d'une taille irréelle. « Message du chef, a-t-elle grondé. Il dit que si vous finissez pas votre assiette – une fois de plus – il vous jette dehors et vous latte les couilles jusque dans les poumons. »

Bob a lâché un rire nerveux. « Comment ça, une fois de plus ? J'étais malade, la dernière fois. Et la fois d'avant, j'avais tout mangé mais vous ne travailliez pas encore ici, ni l'un ni l'autre. J'ai commandé le Spécial, je vais manger le Spécial. Apportez-moi de la sauce. »

Trix et moi devions sûrement le dévisager. Bob nous a regardés tandis qu'il sciait un morceau de bouvillon microcuit et le déposait dans son assiette. Du sang coulait et coagulait autour des veines épaisses qui saillaient de la viande. « C'est de la vraie bouffe texane. C'est ce qu'on mange, ici. Un putain d'État génial, le Texas. »

J'ai cru qu'il allait se remettre à pleurer en mastiquant la viande crue.

« Délicieux », a-t-il gémi.

On est restés là cinq minutes, peut-être dix, à regarder en silence Bob qui enfournait le bœuf cru dans sa grande bouche tordue. Heureusement, nos assiettes ont fini par arriver. Un demi-kilo de viande sur une assiette à fleurs pour Trix, un énorme rumsteck pour moi. J'ai soulevé le morceau avec ma fourchette. Il y avait encore la peau. La marque au fer était encore lisible. Un énorme *R*.

« Voilà vos frites », a annoncé la serveuse. Une bassine métallique de frites immergées dans huit litres de fromage fondu.

« J'ai demandé une petite portion, a fait Trix.

— C'est la petite portion », a répliqué la serveuse.

Trix a affiché un petit sourire. « Je comprends maintenant comment ils justifient les frites au menu, dans un endroit réservé aux aliments issus de la vache.

— Il faut que vous finissiez vos assiettes, a marmonné Bob. Sinon, je vais être mal vu. »

Trix lui a adressé son plus gentil sourire. « Bob, je t'aime bien. Je fais de mon mieux pour te mettre à l'aise. Mais franchement, si tu crois que je vais avaler toute cette merde, tu peux venir aspirer mes pets, pigé ? »

Le couple à la table voisine s'est levé pour partir. Bob a ravalé un sanglot et s'est concentré sur son ignoble dîner.

Trix a croisé mon regard. « Quoi ? Je ne suis qu'un être humain, Mike. Enfin, je risque pas de le rester si je mange tout ça. Il va falloir un bulldozer pour m'extraire le cholestérol des veines.

— Arrête de geindre. Sur mon dîner, y a encore la peau.

— Tu déconnes. »

J'ai soulevé une fesse de mon cul grillé pour lui montrer l'empreinte du fer à marquer.

« R ?

— Pour Roanoke, a toussé Bob. Ils sont aussi dans l'élevage de bétail. C'est un signe. Oh mon Dieu. Oh mon Dieu. »

Il a enfourné un autre morceau de bœuf humide, a levé la tête vers le ventilo du plafond et s'est mis à hurler la bouche pleine : « Regardez-moi ! Je mange, bande d'enculés ! Je vais tout manger ! »

Des miettes de viande se sont envolées de sa bouche, ont heurté les pales du ventilateur pour être redistribuées aux quatre coins de la salle.

25

Bob a bouffé tout le plateau mais s'est retrouvé paralysé. Après quelques cajoleries, on a réussi à emprunter un fauteuil à roulettes dans le bureau à l'arrière du resto, et on l'a trimballé jusqu'au parking. Il suçotait encore la chair accrochée à l'une des cornes et hurlait qu'il allait leur montrer, qu'il allait leur montrer à tous. Oh, et que le chef était une sale pute.

« Fait chier, prends-lui ses clés, ai-je dit. C'est moi qui conduis. On va les déposer devant l'hôtel, lui et son gros cul larmoyant, et on paiera quelqu'un pour le ramener chez lui. Ou le buter, peu importe.

— C'est comme ça que tu t'occupes de tes amis ?

— Il est taré, Trix. Regarde-le.

— Sale puuuuute !

— Alors, tu vois. Prends-lui ses putains de clés. »

Trix l'a tâté et a trouvé son jeu de clés dans la poche de sa veste.

« Merci Seigneur, a-t-elle marmonné. J'étais pas prête à fouiller son fute. »

Bob l'a scrutée d'un œil étrange et bourré.

« Mike n'arrivait jamais à se faire les jolies filles, avant. Comment ça se fait qu'il y arrive, maintenant ? Je suis un putain de *Texan*, moi.

— Tu parles toujours sur ce ton aux nanas de tes copains ? » lui a-t-elle demandé, sourcils froncés, avant de me jeter les clés.

J'ai failli les laisser tomber.

« C'est pour ça que je me fous sans arrêt dans la merde, a fait Bob, les larmes aux yeux. Je me sens tellement seul. » À l'instant où on allait se radoucir, il a ajouté : « Sale puuuuute ! »

J'ai ouvert la portière arrière et l'ai poussé dans l'habitacle.

« Et le fauteuil ?

— Laisse-le là. Ils appellent ça bien cuit ? Si j'avais versé ma bière sur mon rumsteck, il se serait réveillé et serait rentré au pré dans ce putain de fauteuil. Monte.

— Oooh. Comme c'est bien dit.

— Tu vas te prendre une fessée déculottée sur ce parking.

— Des promesses, toujours des promesses.

— Monte dans la voiture. »

En sortant du parking, Bob a semblé sortir un instant de sa rêverie carnivore.

« Prends à gauche au feu. Je veux vous montrer un truc.

— Des putes ?

— Non. Roanoke. »

J'ai jeté un coup d'œil à Trix, histoire de voir ce qu'elle en pensait. Elle a haussé les épaules.

« C'est pour ça qu'on est venus. »

J'ai pris à gauche au feu, puis j'ai suivi les indications de Bob qui nous ont menés à l'extérieur de la ville. L'obscurité s'est abattue sur nous avec violence. Trix a observé le ciel par la fenêtre.

« Des étoiles. On n'en voit pas beaucoup à New York. On s'en rend pas compte.

— Éteins les phares, a lâché Bob. Et gare-toi là. »

Je me suis exécuté et j'ai arrêté la voiture près d'une clôture en bois.

« Sortez et matez dans le pré.

— Qu'est-ce qu'on est censés regarder, Bob ?

— Vous verrez bien. »

L'air nocturne était chaud. La barrière entourait une grande prairie parsemée de vaches endormies. On a fait quelques pas le long de la clôture, on a grimpé dessus et on a poireauté.

« T'as l'air crispé, m'a dit Trix. Fume une clope pendant qu'on attend de voir… ce qu'on attend de voir.

— La flamme du briquet va niquer ma vision de nuit.

— Ah, a-t-elle commenté d'un ton pensif. T'es un vrai détective, alors, c'est ça ?

— Tu me prenais pour qui ?

— Pour un mec mignon et taré qui se retrouvait plongé dans un boulot de merde. Je crois que j'ai jamais pensé que t'étais, tu sais, un vrai détective. Parler de trucs comme la vision de nuit, ça fait vachement pro.

— Ouais, ben au moins, je suis mignon.

— J'aime bien les mecs au physique étrange.

— Oh. Merci. »

Elle a pouffé et m'a serré le bras. « C'est trop facile de te taquiner. Regarde. Les vaches se réveillent. »

C'était le cas, en effet. Et elles bougeaient, aussi. Elles s'éparpillaient. Il y a eu un mouvement au milieu du troupeau. Un truc qui courait. J'ai plissé les yeux et me suis penché en avant.

Un mec à poil se baladait au milieu du bétail. Cheveux argentés brillants à la lueur des étoiles. Rides profondes sur le visage tandis qu'il évoluait dans l'ombre des vaches. Mince et musclé. Il a piqué un sprint entre les bêtes effrayées, slalomant comme un fou.

Il a pilé près d'une vache, a bifurqué devant elle. Puis il a bondi sur le dos de l'animal comme un chat des marais. Quelque chose scintillait dans sa main. Du métal. Il l'a enroulé entre ses poings et l'a passé sous le cou de la vache.

Le vieil homme à poil a garrotté la bête avec application, la faisant chuter à terre. Les muscles de ses bras roulaient sous sa peau grisâtre. La vache a frémi et s'est chié dessus avant de mourir.

Le vieux est descendu de la carcasse et a tété aux pis de l'animal sans vie. Il s'est accroupi, le visage luisant de lait de cadavre, il a rejeté la tête en arrière sous les étoiles et a poussé un hurlement de loup à travers la nuit.

On est retournés vers Bob en silence.

« C'est le vieux Roanoke qui fait sa gym nocturne, a-t-il chuchoté. G. Gordon Liddy lui a offert le garrot. »

26

On est rentrés à l'hôtel sans un mot. Bob se sentait d'attaque pour reprendre le volant, alors on a attendu sur le trottoir qu'il s'affale sur le siège conducteur pour démarrer en trombe. On a observé sa voiture zigzaguer le long de la rue et, à moins d'un pâté de maisons, s'encastrer dans la porte d'un bar. Bob est sorti d'un pas chancelant, comme une baleine fraîchement harponnée, pendant que le véhicule prenait feu. Un tas de mecs baraqués sont sortis du bar, brandissant un assortiment intéressant d'armes improvisées.

« Fait chier, j'ai lancé avant de rentrer dans le hall de l'hôtel.

— Je reste encore une minute.

— Tu veux l'aider ?

— Non, je veux voir ce qu'ils vont faire de lui. Je monte dans un instant. »

Quelqu'un m'attendait dans la chambre.

« Alors, vous pensez que les Roanoke ont le livre ? m'a demandé le chef de cabinet de la Maison Blanche qui se faisait un garrot au bras, assis dans un fauteuil devant une émission évangéliste.

— Mon Dieu.

— C'est bien, Monsieur McGill. Très bien. Nous n'étions pas au courant. Comme vous devez déjà le savoir, mon président ne peut plus se représenter, à moins qu'on. Ha ha. À moins qu'on ne change la Constitution. Vous imaginez si Roanoke Junior avait été élu ? S'il avait rempli une pièce entière de législateurs, des hommes bons et justes debout devant son pupitre, et qu'il avait ouvert le livre ? Les Pères fondateurs n'avaient pas envisagé une époque de radio et de télévision. La politique s'effectuait sur place, auprès de foules présentes physiquement. Montrer les pages du livre à la télé ou les lire à la radio ne marchera pas. Les gens doivent se retrouver face au bouquin, pour que ses vertus acoustiques aient un impact quelconque. Si Junior s'était trouvé un jour en situation de s'adresser à un public sérieux et puissant, les conséquences auraient été tragiques. Je ne crois pas que les Roanoke comprennent vraiment ce qu'ils ont en main. »

Je me suis affalé dans un fauteuil. « Qu'est-ce que vous voulez ?

— Je vous ai obtenu une entrevue avec la famille Roanoke, demain matin à 11 heures. S'ils ont le livre, vous êtes en mesure de leur faire une offre de dix millions de dollars, qui inclut bien sûr leur discrétion permanente quant à son existence.

— Je vois.

— S'ils refusent, vous utiliserez votre portable et appellerez le 555 555-5555. Laissez sonner deux fois, puis raccrochez.

— C'est pas un vrai numéro, ça. 555, c'est le faux indicatif qu'on utilise dans les films hollywoodiens.

— On leur a donné la permission de s'en servir. Ça nous convient parfaitement. Laissez sonner deux fois et raccrochez.

— Et qu'est-ce qui se passe ensuite ?

— Une sorte de bombe thermobarique, je crois, a-t-il expliqué en s'injectant un liquide marron et trouble. On pensera que le réservoir d'essence situé sous leur ranch a explosé. À ce qu'on m'a dit. À 11 heures demain matin, donc. Bonne chasse, Monsieur McGill. »

Il s'est levé pour partir, tout tremblant. « Oh, et ne vous inquiétez pas, je ne me suis pas fait un shoot d'héroïne dans votre chambre d'hôtel. J'ai une cage de singes verts génétiquement modifiés qui excrètent des cellules anticancéreuses dans leur matière fécale. Une fois par jour, je dois m'injecter de la merde de singe diluée. Mais bon, ça vaut mieux que de crever, pas vrai ?

— Il faudra que j'y réfléchisse un peu.

— Mmm. Peut-être, oui. »

Devant la porte, il s'est arrêté à nouveau.

« Une dernière chose, Monsieur McGill. La fille.

— Ça ne vous regarde pas. Vous n'êtes qu'un client. Vous n'avez pas à me dire comment faire mon boulot ou avec qui passer mon temps.

— On est de mauvais poil ces jours-ci, Monsieur McGill ?

— Ces derniers temps, je suis d'humeur un peu merdique, je ne sais pas trop pourquoi.

— Vous n'aimez pas votre travail, Mike. C'est triste. La fille, Mike, est une vaginale omnisexuelle folle à lier. Elle a une foule d'amants de tous types, appartenant même parfois à des catégories sexuelles qui n'ont pas encore de nom. Elle va vous briser le cœur, Mike. Suivez mon conseil. Prenez une chambre séparée, portez vos caleçons à l'envers et enfilez des gants de boxe. Ça vous fera du bien. Il faut me croire. Je suis le chef de cabinet de la Maison Blanche. »

Il a passé la porte comme une poignée de plumes noires, mauvais augure soufflé dans la brise hivernale.

27

Trix est entrée. « J'ai demandé au réceptionniste d'appeler les flics. Mais les flics aussi se sont mis à tabasser Bob. »

J'avais pris un verre. J'ai deux visages, paraît-il, quand j'ai bu. Le visage du Buveur sociable, et le visage du J'ai besoin de boire jusqu'à ce que mon cerveau se liquéfie.

« Qu'est-ce qui va pas ?

— On a rendez-vous avec les Roanoke demain, à 11 heures.

— Comment t'as réussi ?

— Mon client était dans la chambre. Il m'a dit un tas de trucs.

— Il a réussi à obtenir le rendez-vous ? Putain.

— Ouais.

— Tout va bien ? »

J'ai réussi à déterrer un sourire de je-ne-sais-où. « Tout baigne.

— Tu veux venir au lit ? »

Non. J'avais envie de me bourrer la gueule comme pas permis et de me donner plein de coups de couteau.

« Nan. On n'a plus de capotes. J'ai oublié d'en acheter. »

Elle s'est assise sur le bras de mon fauteuil. « Qu'est-ce qui te fait penser qu'on en a besoin ?

— Pas sans capote, Trix.

— C'est vrai. Je ne sais pas où t'as pu traîner avant. Mais c'est pas ce que je voulais dire. » Elle a frotté ses paumes sur le dos de ma main. « J'ai des mains, moi. Toi aussi. Toi et moi : on est pas obligés de se contenter de sexe classique, Mike.

— Ça me plaît, le sexe classique.

— Viens ici. Je vais reconnecter ton cerveau classique d'un bon petit tour de main. »

28

Au beau milieu de la nuit, j'ai lâché : « T'as dit que t'étais ma nana. À Bob. T'as dit qu'il ne devrait pas parler sur ce ton aux nanas de ses copains.

— C'est vrai.

— T'es ma nana ?

— Tu veux que je le sois ?

— Tu veux l'être ?

— Pourquoi tu voudrais que je sois ta nana ?

— Parce que t'es plus intelligente que moi. Parce que tu vois des trucs que je ne vois pas. Parce que je me sens rassuré rien qu'en te regardant. Parce que tu loges pile poil au creux de mes bras.

— Tu vas te mettre à chanter, ou quoi ?

— Et aussi parce que, des fois, j'ai envie de t'étrangler.

— Ça pourrait être excitant.

— Je vais t'étrangler. Là, tout de suite.

— Tu peux même pas lever les bras.

— … merde.

— J'ai jamais été monogame, Mike.

— Je sais.

— J'en suis incapable.

— Je te le demande pas.

— Mais tu veux que je sois ta nana.

— Si tu en as envie.

— J'aime aussi les filles, tu sais.

— Je regarderai pas, promis.

— Je croyais que deux filles ensemble, c'était le plus grand fantasme de tous les hommes.

— C'est toi, mon fantasme.

— J'y crois pas. T'as vraiment dit ça ?

— Je n'admettrai jamais avoir prononcé ces mots, alors laisse tomber. »

Elle a émis un rire rauque.

« Comment c'est censé fonctionner, Mike ?

— Je veux qu'une chose. Tant que notre couple marche. Parce que je suis un réaliste déprimant. »

Je l'ai sentie se crisper contre moi. « Et qu'est-ce que tu veux ?

— C'est avec les autres mecs que je vais avoir du mal.

— Ça pourrait poser problème, effectivement.

— Ouais. Je franchirai le pas, le moment venu. Mais je veux qu'une seule chose.

— Oui ?

— Quoi que tu fasses : rentre à la maison avant le matin. »

Elle m'a embrassé.

29

« Si les Roanoke ne donnent pas le bouquin, ils vont faire *exploser le ranch* ?

— T'as toujours envie de venir ?

Bon, d'accord, peut-être que je n'aurais pas dû le lui dire. J'avais demandé qu'une voiture avec chauffeur me dépose devant le ranch aux abords de la ville, et j'avais proposé à Trix de rester tranquillement à l'hôtel pendant que je bossais.

« Pas question ! Je te laisserai pas monter seul dans cette bagnole !

— T'es sérieuse ?

— Mais *bien sûr*, que je suis sérieuse. Putain ! Ils veulent faire péter la maison si les Roanoke ne donnent pas le bouquin ? Et ça risquerait pas de faire péter le livre, par la même occasion ?

— Je me dis qu'ils ont dû trouver une solution et qu'ils savent un truc qu'on ignore. Peut-être qu'il est dans un coffre fort ou je sais pas quoi. Bref, je ne crois pas que ça compte comme une aventure. »

Elle m'a chopé par les cheveux tandis que j'essayais de mettre mon pantalon.

— Je viens avec toi.

— D'accord, d'accord, putain, aïe, ok, d'accord.

— Bien. » Elle est allée chercher ses bottes en marmonnant.

Elle est revenue. « Mike. Ils ne feraient pas…

— Le mec était assis dans ce fauteuil et il s'injectait de la merde de singe dans les veines, Trix.

— D'accord. Je mets mes bottes. »

J'ai compté jusqu'à cinq.

« Il a fait *quoi* ?

— Ne porte pas de jugements hâtifs, Trix. »

« Oui, c'est moi qui ai fait ça. Ma fille était méchante. Je lui ai dit que j'avais tué Rudolph, le renne au nez rouge du Père Noël, et que je l'avais fait empailler dans ma galerie. Et qu'il n'y aurait plus jamais de réveillon. »

Le vieux Roanoke était grand, svelte et étrangement facile à reconnaître tout habillé. Flanqué d'un agent de sécurité d'un côté, d'un infirmier de l'autre. Il portait un jean et une chemise de travail à carreaux, encore une habitude bizarre des Vieux Richards. Rien qu'un gars du coin. Un jean et une chemise à carreaux, le sel de la terre, des hommes de labeur comme vous. Comme s'ils étaient mal à l'aise d'être riches au point de pouvoir dormir dans un lit de vagins rassemblés là par une escorte de nains couverts d'or qui arpentent l'obscurité nocturne des rues.

Ce n'est pas le genre de situation qui me met de bonne humeur, en général. Et mon irritation croissait de façon inhabituelle. Trix, que Dieu lui vienne en aide, vibrait presque de rage, rien qu'à attendre là.

L'infirmier s'est raclé la gorge. « Cet entretien à une heure pareille ne me convient pas. Alors, s'il vous plaît, venons-en au fait. M. Roanoke doit suivre un traitement médical délicat. »

J'ai arqué les sourcils. « Vous êtes malade ? »

Il a affiché un sourire de lézard – si les lézards pouvaient sourire. Lent et paresseux, comme un lézard qui se réveille par un matin froid. « J'ai la maladie des Roanoke.

— J'aurais dû m'y attendre », a lâché Trix.

Roanoke a dévisagé Trix d'un œil rapide, puis il a décoché un regard mauvais en direction de Menlove. « Il y a une femme ici, Monsieur Menlove.

— Nous l'avons fouillée, Monsieur. Il se trouve qu'elle a un minuscule pénis. Comme celui d'un gamin. Et des testicules non descendus.

— D'accord. Très bien. Comme votre agente, ici présente. On dirait qu'elles sont légion, par ici. Ça doit venir de l'eau que boivent les pauvres. Ils boivent de l'eau, n'est-ce pas ? »

Menlove s'est redressé et s'est glissé derrière moi. « J'ai entendu dire qu'ils n'avaient pas les moyens de s'acheter de l'eau, Monsieur. Ils boivent un liquide qu'on appelle Mountain Dew. » Il s'est penché et m'a sifflé à l'oreille : « Jouez le jeu, s'il vous plaît. C'est ma vie, c'est comme ça que je dois vivre. Aidez-moi. »

J'ai fait un pas vers Trix et lui ai serré la main. Elle m'a jeté un œil, a lu dans mes pensées et a haussé les épaules.

« Ah, a fait Roanoke. Vous devez être McGill. Vous voulez voir mon garrot, McGill ? »

J'ai décidé de ne pas lui dire que je l'avais déjà vu en action. « Je suis ici pour parler d'un livre rare, acheté par votre famille il y a quelques années de ça à un agent de police de l'Ohio. »

Il a sorti son garrot de la poche de son pantalon. « Ce garrot, a-t-il dit en le faisant pendouiller devant ses yeux comme la montre d'un hypnotiseur de foire, a été fabriqué avec les boyaux d'un Niak des Sables.

— Un Niak des Sables.

— Oh oui. Ils m'ont traqué. Je me suis battu contre les Niaks des Sables pendant plus de trente ans. Ils connaissent mon nom. La haine a rendu leurs hommes impotents, et leurs femmes puent le cimetière de bébés.

— M. Roanoke devrait déjà être couché, a annoncé l'infirmier.

— Il me faut ce livre.

— Oui, a croassé Roanoke. Je sais pour qui vous travaillez. Menlove ! Vous avez vérifié sous leur voiture ?

— J'y ai passé le balai, j'ai fait ce qu'il fallait.

— Bien. Le Niak des Sables s'accroche parfois au châssis d'une voiture et se nourrit au pot d'échappement. Je sais pour qui vous travaillez. Ils aident les Niaks des Sables. »

Trix n'a pas pu laisser passer ça. « Vous savez, non seulement ce terme est offensant, mais le gouvernement actuel mène une guerre au Moyen-Orient et n'hésite pas à recourir à la torture pour assurer ses intérêts pétroliers. Et les vôtres, par la même occasion.

— Et vous, Monsieur, vous êtes un idiot, lui a-t-il répondu. On devrait s'y attendre, de la part d'un homme en jupe. Leur guerre est une guerre de chochottes. Elle n'a aucun rapport avec le pétrole. Elle a à voir avec l'aspect atroce et inhumain du Niak des Sables. On ne peut pas partager notre planète avec des hommes capables de se rendre invisibles. »

Les yeux écarquillés, Trix a posé le regard sur moi. « D'accord. C'est officiel, j'abandonne. À toi de jouer.

— Monsieur Roanoke. Vous savez pour qui je travaille. Vous comprenez qu'il y aura des conséquences si cette entrevue s'avère insatisfaisante. J'ai la capacité de vous offrir une somme importante en échange de ce livre. S'il vous plaît. Parlons affaires.

— Ce satané bouquin. On aurait pu tout contrôler, si on l'avait utilisé. Le Moyen-Orient serait de l'histoire ancienne et je ne serais pas obligé de négocier avec ces sales Russes pour acheter les missiles censés protéger mon terrain. Mais le gamin ne voulait pas l'utiliser. Promettez-moi une chose, Monsieur McGill. Si vous rencontrez une vraie femme, au lieu de fricoter avec un hermaphrodite tatoué, n'oubliez jamais de garder une pierre dans votre poche. »

Ça a été plus fort que moi. « Une pierre ?

— Oui. Pour dézinguer l'enfant attardé que votre épouse pondra. Les crânes de bébé sont mous. C'est comme coller un pain dans le foie d'une vache. Moi, l'ai perdu ma pierre. Alors j'ai des gosses. J'aurais dû trouver une femme moins défectueuse. Mon sperme suppurait dans son vagin. J'aurais tout aussi bien pu me masturber dans un sac-poubelle. Vous sentez ça ?

— Quoi ça ? »

Roanoke reniflait bruyamment. L'infirmier s'est mis à farfouiller dans la sacoche à fermeture éclair fixée à sa hanche, émettant un bruit de pilules contre métal. « M. Roanoke souffre parfois d'hallucinations olfactives. Je vous avais dit que le moment était mal choisi. »

D'un coup Roanoke s'est mis à quatre pattes. Personne ne semblait savoir comment gérer la situation.

Dans cette position, il s'est avancé sur le parquet ciré jusqu'à mon entrejambe et m'a flairé comme un chien.

« Vous, a-t-il grogné, vous avez connu les plaisirs moites et interdits d'une Niak des Sables. »

À quatre reprises seulement dans ma vie, j'avais ressenti l'envie subite d'avoir un flingue entre les mains. C'était la cinquième.

« C'était comment ? m'a demandé le Vieux en déboutonnant sa braguette. C'était bon ? » Il a glissé ses doigts noueux dans son caleçon.

« Allez, ça suffit ! est intervenu l'infirmier.

— Non, a-t-il hurlé. J'ai besoin de savoir. » Sa main s'agitait.

L'infirmier a sorti une seringue hypodermique de sa sacoche, a mordu l'extrémité en plastique et a planté la seringue dans le cou de Roanoke. Le Vieux s'est écroulé dans une sorte de crise d'épilepsie et un jet d'urine brunâtre s'est échappé de son poing fermé.

« Merci mon Dieu, a soupiré Menlove, soudain détendu. Mettez-le au lit. Je suis désolé, Monsieur McGill.

— Pas autant que moi. Réveillez-le. »

L'infirmier a ricané. « Il ne risque pas de se réveiller avant plusieurs heures.

— Il va se réveiller maintenant.

— Écoutez, vous n'allez pas récupérer votre livre, a décrété Menlove. Laissez tomber.

— Je reformule mes propos : si je ne récupère pas mon bouquin, il y a des chances pour qu'il se produise un événement très antithétique à votre état de santé actuel. Et ce dans les plus brefs délais.

— … et c'est quoi, mon état de santé actuel ?

— Vivant. »

Il a plissé les yeux.

« Je ne vous menace pas. Ce qui se passe actuellement est bien plus grave, et je ne contrôle pas tout. J'ai besoin qu'il se réveille. »

Trix a collé un coup de pied dans le ventre du vieux. Il s'est contenté d'exhaler une bouffée d'air. Elle lui a balancé quelques coups en plus.

« Il va pas se réveiller, Trix.

— Oh, ça ne m'intéresse plus vraiment, je fais ça pour l'amusement pur et simple, tu vois, a-t-elle dit en lui enfonçant le nez du bout de sa botte. Qu'est-ce que tu vas faire ? »

J'ai fouillé le fond de ma poche en quête d'une cigarette. « Je sais pas. Enfin, je suis censé passer ce coup de fil s'il refuse de me filer le livre. Je pourrais attendre qu'il m'appelle, lui, mais jc veux pas lui dire que j'ai récupéré le bouquin, si je ne suis pas en mesure de le lui montrer. Ce qui nous ramène à la case départ. Si les Roanoke ne nous donnent pas le livre…

— Que se passera-t-il, Monsieur McGill ? a demandé Menlove la main glissée dans la poche intérieure de sa veste.

— Des gens que je ne connais pas et que je contrôle encore moins vont infliger des dommages horribles à ce ranch et ne seront jamais traînés devant la justice.

— … ne me dites pas qu'il avait raison à propos des Niaks des Sables. »

J'ai allumé ma clope et observé son visage qui se décomposait. « Vous bossez ici depuis combien de temps ?

— Ça va faire huit ans. Je le réveille en lui collant un flingue dans la bouche tous les matins.

— Ouais, ben je vous conseille de faire ça maintenant. Si le vieux ne se réveille pas —

— Il s'est encore évanoui ? » a demandé une grosse voix nasillarde. Un petit homme soigné en tenue de tennis blanche, la cinquantaine, est entré dans le hall par la porte de derrière. « Il a pas refait le truc avec son pantalon, hein ? Je suis désolé s'il l'a fait. Je m'appelle Jeff Roanoke Junior. Je peux faire quelque chose pour vous aider, les amis ? »

Il a fait passer sa raquette de tennis dans sa main gauche pour pouvoir me présenter la droite. Une étreinte douce. L'espace de quelques secondes, ses yeux se sont rivés dans les miens, m'ont soupesé. Il n'était pas idiot. Il me laissait penser que j'étais plus fort que lui pour évaluer ma réaction.

« Mike McGill. Ravi de faire votre connaissance. Je suis ici au nom d'un client, au sujet d'un livre rare qui serait en votre possession depuis quelques années. Acheté à un agent de police de l'Ohio… J'ai la capacité de vous l'échanger contre une importante somme d'argent. »

— Eh bien, mon gars, on devrait aller en discuter dans mon repaire. Suivez-moi. »

Il s'est immobilisé sur un pied puis il a regardé par-dessus son épaule. « Pas de filles. »

Trix a levé les yeux au ciel. « Je t'attends dans la voiture. Je laisse tourner le moteur, Mike. »

31

Deux étages plus bas, après un passage entre de lourdes portes jusqu'à un couloir de béton éclairé par des néons en cage pendus au mur, on est arrivés à une sorte d'écoutille en acier. Junior en a fait tourner la manivelle avec l'aisance d'un habitué.

« C'est ça, le repaire ?

— Papa n'aime pas que je l'appelle le bunker. Il dit que c'est un mot qui a pris une mauvaise connotation. Alors bon, tant que le vieux est content. »

L'intérieur, un espace sombre et tiède, datait des années 50. Des médailles de baseball étaient accrochées avec goût aux murs lambrissés, à côté de vieilles cartes, d'anciens globes et de lampes, d'une radio antique et d'un bar tout droit sorti d'une comédie musicale du Rat Pack.

« Un verre ? a proposé Junior en s'approchant d'un grand bureau en acajou à l'autre bout de la salle.

— Non, merci. Je préférerais qu'on s'en tienne aux affaires, si possible.

— Un homme d'affaires ? C'est bien. Et quelles sont les affaires qui vous amènent ici, Mike ?

— Un livre en votre possession. Une, euh, seconde version de la Constitution des États-Unis. »

Il a ouvert le profond tiroir central du bureau. « Ah, a-t-il fait d'un air entendu. Ce vieux truc.

— Je représente quelqu'un qui voudrait à tout prix récupérer cet ouvrage. Je vous en offre dix millions. Mais le marché doit être conclu aujourd'hui. »

Il a ouvert grand les yeux, a plissé la bouche. « Aujourd'hui ?

— Tout à fait, Monsieur. C'est une affaire extrêmement urgente pour mon client.

— Ce putain de livre. » Il s'est assis lourdement sur le grand fauteuil en cuir derrière le bureau. « J'ai essayé de le lire, une fois. C'était très bizarre. Je l'ai posé sur le bureau, ici même, pour le parcourir. J'ai cru que les yeux allaient me sortir de la tête. Je n'en comprenais pas un traître mot, mais je ne pouvais plus m'arrêter de lire. Et Papa voulait que je l'utilise pour… » Il s'est interrompu et a baissé les yeux vers l'objet dissimulé dans le tiroir, hors de ma vue.

« Vu que votre père n'est plus, euh, en service, j'espérais que vous pourriez m'aider.

— Je n'étais pas prêt à être président. Je le serai. Mais à l'époque, je n'étais pas prêt. Et je ne suis pas prêt pour votre affaire non plus.

— Sans vouloir vous vexer, Monsieur Roanoke, vous êtes parfaitement prêt. C'est important.

— Donnez-moi… donnez-moi une seconde, a-t-il chuchoté avant de sortir un vieux masque à gaz, le modèle qui recouvre tout le visage, avec un réservoir à air et un compresseur qui pendouille à un épais conduit connecté à la bouche du masque. J'ai remarqué qu'on avait scié le bout du réservoir et j'ai fait un pas en avant pour voir ce que foutait Roanoke.

Dans le tiroir s'élevait une montagne de coke. Il ne manquait plus qu'un couple de mouettes pour nidifier dans une crevasse. Tony Montana en aurait frémi, rien qu'à la voir.

Junior a enfoncé l'embout du réservoir dans le tas blanc et a mis en route le compresseur. Il s'est enfilé une dose qui aurait pu tuer une portée de bébés tyrannosaures. Il a arraché le masque en poussant un couinement. Un résidu ensanglanté a goutté du réservoir pour s'écraser sur la montagne. Les yeux exorbités, il a observé le tas explosé de poudre blanche. « Mon Dieu ! Je vois Jésus ! Je vois Son visage dans cette drogue satanique ! Je suis sauvé ! Gloire à Lui ! »

Il m'a regardé et s'est marré. « Détendez-vous, mon vieux. Je m'entraîne, c'est tout. Je vais être président, un jour. C'est important de bien savoir faire ce genre de trucs.

— Le livre…

— On l'emmerde, le livre. Je viens de vivre une épiphanie religieuse. Ça ne vous a pas impressionné ?

— Je m'attendais un peu à ce que vous soyez branché religion, de toute façon, lui ai-je répondu en cherchant du regard un objet contondant.

— Ringo dit que la religion est un outil politique, a-t-il beuglé, les yeux fermés, en essayant de désemplâtrer ses sinus.

— Qui c'est, Ringo ? »

Junior a ouvert le tiroir de gauche pour en sortir une vieille peluche dégueulasse. Ses yeux avaient été arrachés et sa bouche était maculée d'horribles taches.

« C'est lui, Ringo ! Ringo est mon ami ! » Il a serré le truc ignoble contre sa poitrine souillée de coke, de sang et de morve.

Mon dos a heurté la porte. « Et… il dit des trucs, c'est ça ?

— Ouaaaaaais, a soupiré Junior en caressant le ventre de Ringo d'une manière désagréablement sexuelle.

— Très bien, il vous parle. C'est bien. Par contre, ça m'arrangerait que vous continuiez cette conversation plus tard dans votre tête, et que vous vous concentriez sur l'affaire en cours.

— Ringo pourrait vous parler à vous aussi.

— Ouais », ai-je répondu, et j'ai adressé à contre-cœur un salut à l'objet répugnant logé dans le poing de Junior. « Salut, Ringo.

— Non, a ordonné Junior sans sourire. Faut lui appuyer sur le ventre.

— Pourquoi ?

— Il faut, c'est tout. Vous partirez pas d'ici tant que vous lui aurez pas appuyé sur le ventre. »

À y réfléchir, ça serait moins affreux que, disons, de me faire injecter une solution saline tiède dans mon usine à mômes. C'était gérable. Junior n'était qu'un fana de coke et un mou du gland congénital. Pourquoi ne pas y ajouter une pointe d'humour ? Ça me semblait être la voie la plus simple.

« J'en serai ravi. Mais on est d'accord qu'après ça on fait affaire entre hommes, d'accord ? »

Junior a brandi l'horreur mutilée à bout de bras. « Appuyez sur son putain de ventre ! »

J'ai fait un pas en avant et j'ai pressé deux doigts sur son bide. Une voix s'est mise en marche, un son rauque et hideux. Un peu comme une pute octogénaire et fumeuse compulsive qui aurait oublié de mettre son dentier.

« Les femmes sont parfaites quand elles ne peuvent plus parler », a dit la chose.

J'ai reculé mais Junior m'a attrapé le poignet. Les tendons saillaient sous sa peau et ses articulations ont blanchi. Il y mettait toute sa force. Et ce n'était pas grand-chose.

« Encooooore », a-t-il grondé.

J'ai rappuyé sur le ventre.

« Il est où mon dîner, salope ? »

Et :

« Dieu a dit que les homos faisaient des bûches parfaites pour allumer un feu. »

« Ça suffit, ai-je déclaré.

— J'ai dit *encore.* »

Je me suis tordu le bras et il a couiné quand son poignet s'est plié, mais il refusait de lâcher prise. J'ai écrasé ma paume gauche contre son nez que j'ai transformé en tapis de bain.

Il a chancelé, s'est accroché à la peluche, les doigts enfoncés dans son ventre. Le machin radotait : « On ne naît pas américain, on le devient. » « Les cons aiment les trucs simples. » « Tant qu'ils ne vous voient pas boire, vous n'êtes pas alcoolique. »

Junior s'est traîné jusqu'au fauteuil derrière le bar. « Vous êtes foutu, espèce de connard. Je vais être président, un jour. C'est Papa qui me l'a dit. Il a dit que les présidents sont des gens comme nous. »

Ringo a répliqué : « Enculons l'Amérique et devenons aussi riches que des astronautes. »

« Oh mon Dieu, a grogné Junior. Où est-ce que j'ai mis mon utérus de poche ? »

Il a farfouillé dans le bureau et sorti un bocal en verre avec un couvercle à vis, rempli d'un liquide épais et jaunâtre. Junior a défait sa braguette pour sortir un petit pénis décoloré et s'est masturbé dans le bocal avec la furie maniaque d'un gorille ignoble à la saison du rut.

J'ai attrapé une des lampes, l'ai fait tournoyer entre mes mains pour que son socle lourd aille percuter l'entrejambe de Junior.

Il a hurlé et s'est balancé en avant, collant un coup de boule au bureau.

Je lui ai accordé quelques minutes. J'ai déjà eu l'occasion de frapper des gens, au cours d'une affaire. Je peux déterminer quand j'y suis allé trop fort, en général ils se mettent à gerber. Je peux déterminer aussi quand ils reprennent connaissance et qu'ils font semblant d'être encore évanouis. Junior est revenu à lui au bout de deux minutes mais faisait le mort.

J'ai contourné le bar et j'ai débouché une bouteille de vodka que je lui ai versée sur la tête. Il était doué, je le lui accorde. Il a à peine cillé.

Mais le bruit de mon briquet l'a miraculeusement ramené d'entre les morts.

« Monsieur Roanoke. J'ai oublié mon sens de l'humour dans l'Ohio à Columbus. Vous et votre père, vous êtes deux énormes sacs à merde, comme j'en ai rarement vu. Mais je n'ai aucun intérêt à vous voir mort. Si vous ne me donnez pas ce livre immédiatement, les gens que vous n'avez pas réussi à détrôner de la Maison Blanche détruiront ce ranch et vous avec. J'ai besoin de ce bouquin. Tout de suite. Ou alors vous risquez de découvrir qu'on peut survivre un moment avec le visage en feu. Et que mourir dans un bombardement est encore plus douloureux. »

Il a écarquillé les yeux, sans un seul battement de paupière. « Je ne l'ai pas. »

Je lui ai collé une baffe. « Pourquoi vous vous foutez de ma gueule ?

— Je ne l'ai pas. J'ai été obligé de le donner à quelqu'un. Papa n'est pas au courant.

— N'importe quoi.

— Je lui ai fait signer une note. Pour qu'elle ne… elle savait des trucs à mon sujet. J'ai dû m'assurer qu'elle ne parle jamais. Elle m'a dit qu'elle avait une vidéo planquée dans un endroit sûr, et que si elle disparaissait, quelqu'un irait chercher la cassette. Et je n'avais pas assez d'argent.

— *Vous ?* Vous n'aviez pas assez *d'argent* ? »

Il a eu l'air triste. « Certaines choses n'ont pas de prix.

— Montrez-moi cette note.

— Elle est dans le bureau.

— Si j'ai l'impression que vous tirez autre chose qu'un morceau de papier, je vous fous le feu à la caboche. »

Le briquet à portée de son aura de vapeurs de vodka, il a sorti une enveloppe. On aurait dit qu'il avait gribouillé dessus. En y regardant de plus près, je me suis rendu compte qu'il s'était entraîné à écrire l'alphabet.

J'ai ouvert l'enveloppe. Le papier à l'intérieur n'était pas manuscrit, heureusement.

« Vous avez donné le livre à une prostituée, pas vrai ?

— Oui.

— Eh bien, vous serez ravi d'apprendre que vous n'êtes pas le premier. Sa dernière adresse ?

— Ici. Ça peut se vérifier facilement. Ma famille a des amis qui la surveillent pour moi. »

J'ai replié le papier, l'ai glissé dans la poche de ma veste et lui ai jeté l'enveloppe au visage. « Il faut que j'arrive à convaincre quelqu'un de ne pas transformer ce ranch en Bagdad miniature. »

Je me suis dirigé vers la porte. Derrière moi, une voix rauque a lâché : « Brisez le cœur de l'Amérique avant qu'elle ne brise le vôtre. » Je ne me suis pas retourné.

32

Fidèle à sa parole, Trix était dans la voiture et le moteur tournait. Comme je ne portais pas le livre, Trix s'est mise à flipper un peu.

« Arrête de lambiner et grimpe dans cette putain de bagnole ! »

J'étais à peine monté que la voiture a démarré en trombe comme un avion de chasse. Elle devait avoir révélé un truc au chauffeur, qui transpirait abondamment.

« Mike, qu'est-ce qui s'est passé ? Ils vont le faire ? »

J'ai sorti mon portable et j'ai composé tous ces 5. J'ai compté deux sonneries. Puis j'ai laissé sonner encore.

À la quinzième sonnerie, le chef de cabinet a décroché. « J'ai dit deux sonneries, McGill.

— Ils n'ont pas le bouquin. » Je m'obligeais à parler lentement. « J'ai récupéré un récépissé que je crois être authentique.

— Oh, vous le croyez, hein ?

— Vous m'avez engagé pour mes compétences. Essayez donc de m'écouter.

— … je crois que je vous préférais avant que vous ne commenciez à vous la jouer comme si une paire de couilles venait de vous pousser à l'entrejambe, McGill.

— Jeff Roanoke Junior a donné le livre à une prostituée en échange de son silence sur des services rendus au cours de ce qui me semble être une longue période. Il a fait établir une surveillance sporadique pour s'assurer qu'elle habite toujours à l'adresse mentionnée sur le récépissé. Il n'était pas en position de me mentir de façon convaincante.

— Et pourquoi ça ?

— Parce qu'il était sérieusement désorienté et sous l'emprise de substances illicites. Et parce que je m'apprêtais à foutre le feu à sa tête. »

À l'autre bout de la ligne, le chef de cabinet a ri. Vent froid à travers une carcasse osseuse.

« D'accord, Mike. D'accord. Que pensez-vous des Roanoke ?

— À mon humble avis, ce serait bien plus cruel de les laisser en vie. »

Il a ri encore, puis a raccroché brusquement.

J'ai souri à Trix. « Tout le monde reste en vie. »

Elle s'est affalée dans le siège. « Putain.

— Y a pas que des bonnes nouvelles, par contre. Il faut qu'on parte pour Las Vegas.

— Las Vegas ? C'est cool, Las Vegas. On pourrait se marier à côté d'Elvis. » Elle s'est penchée pour tapoter l'épaule moite du chauffeur. « Hé, tout va bien. Vous pouvez ralentir. »

Il a vomi sur le volant.

33

On a pris un vol de nuit pour Las Vegas. Trix scrutait l'obscurité à travers le hublot, puis elle s'est endormie.

La classe affaires était vide, à l'exception de nos deux sièges et d'un vieil homme de l'autre côté de l'allée. On a échangé un salut de la tête et on s'est souri plusieurs fois. Quand le personnel de bord nous a laissés pour morts et que Trix s'est mise à ronronner doucement, il m'a adressé la parole.

« Longue journée, hein ? a-t-il fait dans un sourire en montrant Trix du doigt.

— On peut dire ça, oui.

— Le Texas, ça vous frappe comme ça. Mais Las Vegas, mon ami. On n'a jamais envie de dormir. Vous y allez pour le plaisir ?

— Pour le boulot.

— Moi aussi. En quelque sorte. Le boulot et le plaisir en même temps, si on veut.

— Vous êtes joueur ? »

Son visage était étrangement rigide en certains endroits, profondément ridé à d'autres. Ses yeux semblaient un peu étirés sur les côtés. C'était un septuagénaire adepte des premiers tâtonnements de la chirurgie esthétique. Un visage ne peut pas prendre cette forme tout seul. Il a souri, conscient que je le soupesais, mais les rides ne se sont pas frayé un chemin jusqu'à son front. Du Botox.

« Flic ? a-t-il demandé d'une voix douce.

— Détective privé. » J'ai réussi à esquisser un sourire. « Ne vous inquiétez pas. Vos secrets sont les miens.

— J'espère bien. Je tue des gens, vous savez. »

On a ri sans bruit. Mais au bout d'un moment, j'ai arrêté. Lui, par contre, a continué.

« Seigneur, je déteste l'expression *serial killer*, pas vous ? Ça fait penser à Flash Gordon ou je sais pas quoi. Aux vieux films.

— Je n'y ai jamais vraiment réfléchi », ai-je répondu en vérifiant que j'avais toujours du whisky dans mon verre.

« Ça fait partie du métier, j'imagine », a-t-il déclaré avec un soupir avant de s'adosser au siège. « On s'inquiète forcément de l'image que les gens ont de vous. J'ai bien envie de faire un procès.

— Je veux bien croire que ce soit difficile. » Je n'avais aucun doute quant à la véracité de ses propos. C'est ça, ma vie. Mais j'étais impressionné de voir avec quelle facilité je gérais la situation. On trouve de la joie dans les petits riens, parfois.

« Eh oui. Mais vous savez, quand un acteur ou une pop-star découvre que des mensonges ont été publiés sur son compte, il fait un procès. Et je pense que je devrais avoir droit aux mêmes recours. La justice pour tous, pas vrai ?

— Mais vous tuez des gens. Elle est où, la justice, là-dedans ?

— Oh, ils l'avaient bien cherché. Si les gens s'amusent à s'habiller en bibliothécaire ou en écolière, ils doivent s'attendre à en payer les conséquences. Je ne vois pas pourquoi on devrait leur proposer une protection supplémentaire, pour ce genre d'attitude. Et dans tous les cas, on ne répare pas une injustice par une autre. Les calomnies sont inadmissibles, peu importe votre cible.

— Des calomnies ?

— Reprenons un verre », a-t-il déclaré en appuyant sur le bouton d'appel au-dessus de sa tête. « Vous ne regardez pas souvent la télé, je me trompe ?

— Pas souvent, non.

— Je prendrai un whisky, et je crois que ce sera pareil pour mon ami. Doubles. Merci. Qu'est-ce que je disais ? Ah, oui. La télé. Ils passaient un nouveau documentaire à mon sujet, la semaine dernière. Sur une des chaînes scientifiques. On s'attendrait à une production intelligente, sur une chaîne comme ça, pas vrai ? Évidemment. Ils ont engagé un bon acteur pour faire la voix off. Même âge que moi. Alan quelque chose. Il jouait dans une sitcom d'humour noir sur la guerre de Corée.

— Alan Alda ?

— Alan Alda ! Comme il me faisait rire, dans cette série. Et les femmes s'habillaient bien. Mais il n'y avait jamais assez de sang à mon goût. Ça m'attristait souvent. Enfin, j'imagine que c'était le but de toute l'histoire, vous croyez pas ? Son sourire contrit… Une série très intelligente. Il a fait la voix off pour le documentaire. Je ne lui en veux pas, évidemment. Ce n'est pas lui qui a écrit le script. Un jour, je vais croiser le chemin de la petite médiocrité qui l'a écrit. Enfin quoi, est-ce que j'ai vraiment l'air d'avoir des difficultés à sociabiliser ? »

Il fallait bien être honnête. « Non, vraiment pas.

— Non. Bien sûr que non. Je ne veux pas passer pour un égocentrique, mais franchement, est-ce que j'ai l'air d'avoir du mal à rencontrer des femmes ? Je me suis marié trois fois. Et… » Il s'est penché en travers de l'allée et a plongé ses yeux dans les miens. « Je n'en ai tué que *deux*.

— Ah.

— Ouais. Qu'est-ce que vous dites de ça ? Ils peuvent se les mettre où je pense, leurs commentaires. *La Terreur de l'Amérique : le puceau fou.* Sans blague. J'ai quatre enfants. J'ai *eu* quatre enfants. C'est marrant. J'ai toujours cru que c'était une plaisanterie, le dicton comme quoi on a beau aimer ses enfants, on ne peut pas tout avaler. Mais c'est assez proche de la vérité. »

Je me suis mis à défoncer mon bouton d'appel.

« *Le puceau fou.* Mon Dieu. Je pourrais les traîner en justice, vous savez. Certains ont été meilleurs que d'autres, par contre. J'en fais la collection. Douze documentaires sur moi. Des films hollywoodiens utilisent certains aspects de mon travail. J'aimerais bien que Sean Connery joue mon rôle, un jour. Mais on sait très bien qu'il parlera avec son accent écossais. Je crois que ça gâcherait tout.

— Sans doute, oui.

— Vous avez un côté très compréhensif. J'apprécie beaucoup. Santé ! » Il a gobé un doigt de whisky. J'ai englouti l'équivalent d'une main entière et j'ai réattaqué le bouton d'appel.

« Oui, merci. Laissez-nous donc la bouteille. Mon ami et moi sommes assoiffés.

— Voilà un homme bien, a-t-il commenté en tendant son verre. Alors. Vous et votre jolie compagne. Qu'est-ce qui vous amène à Sin City ?

— On patauge dans le colon ignoble de l'Amérique, à la recherche de gens qui possèdent un livre que la Maison Blanche veut récupérer.

— Dites donc, c'est intéressant. Qu'est-ce que vous avez vu, jusqu'ici ? C'est un pays si riche, si merveilleux. Quand on soulève les couvertures pour jeter un coup d'œil à son petit menton tremblant. »

Je lui ai raconté.

Il a réfléchi un instant puis a répliqué : « C'est tout ?

— C'est pas suffisant ?

— Jeune homme, laissez-moi vous dire : si vous considérez que ces choses-là constituent la base de la véritable contre-culture américaine, vous risquez d'avoir un sacré choc dans un futur très proche. Une question. Notre rencontre, ce soir : ne considérez-vous pas ça comme une sorte de point cardinal, dans votre descente vers la lie de notre vie moderne ?

— Si, bien sûr. Vous butez des gens qui s'habillent mal, à ce que j'ai compris. La seule raison qui vous retient de niquer ma copine dans la vessie avec un tournevis pendant son sommeil, c'est qu'elle est maquillée et qu'on voit ses seins. »

Ouais, j'étais un peu bourré. Il l'a plutôt bien pris.

« Votre résumé n'est pas tout à fait exact, mais d'accord, je le tolérerai. Mon argument, c'est que je ne fais pas partie de l'underground, du souterrain. Vous pensez que boire un verre avec un serial killer vous propulse dans les courants majeurs de cette culture ? Moi, je dis n'importe quoi. Il y a eu douze documentaires télé, trois films et huit livres à mon sujet. Je suis plus populaire que les gamines créées par des pédophiles qui envahissent les chaînes musicales et les pages de tabloïds. J'ai tué plus de gens que Paris Hilton n'en a dépucelé, j'étais déjà célèbre avant qu'elle ne rapplique sur scène et je le serai encore quand elle aura disparu de la circulation. Je suis entré dans la culture dominante, dans le mainstream. Je suis la seule véritable rock-star de l'époque moderne. Les journaux américains n'oublient jamais de commenter chacun de mes come-back. Et j'ai toujours d'excellentes critiques.

— Mais… et pour le reste ?

— Je crois en avoir déjà beaucoup vu sur le Net.

— Moi, je ne vais jamais sur le Net. Mon ex m'envoie des trucs. Des photos.

— Je devrais vous en envoyer un jour, moi aussi, des photos. Mais réfléchissez : si j'ai pu voir toutes ces choses sur le Net, est-ce qu'elles sont toujours underground ? *Underground*, ça connote quelque chose de caché, de difficile à trouver. Quelque chose qui rampe sous la surface, pas vrai ? Mais si on peut les dégoter sur le Net – et je remercie Dieu de m'avoir laissé vivre assez longtemps pour découvrir une si merveilleuse invention –, on ne peut plus les considérer comme underground.

— Les gens postent des photos de leur cul sur le Net.

— Oui. Et c'est un outil exquis pour harceler votre prochain. De plus, ma passion personnelle – et c'est une passion, j'en suis tout à fait conscient – exige des trophées. Je trouve que les stocker sous forme d'images sur un espace Web privé facilite grandement l'affaire. Je ne suis pas obligé de les porter sur moi, vous voyez. Tant qu'il y a une connexion Internet, je peux avoir accès à ma collection. C'est tout simplement merveilleux. Ce que je cherche à vous dire, c'est qu'Internet est bien plus qu'un système de stockage de photos, photos d'un cul ou de mes mains luisantes de graisse humaine jaunâtre. C'est le plus grand outil de communication de masse jamais inventé, et le plus démocratique, si on oublie l'exigence première, celle de posséder un ordinateur.

— Attttendez une minute. C'est pas un serial killer de soixante-dix ans qui va me faire la leçon sur Internet.

— Soixante et onze ans. Et je crois qu'il est important que vous sachiez ceci, pour le bien de votre affaire. Nous sommes d'accord : si une chose est disponible à la télé et dans les librairies, dans les journaux et tout, c'est qu'elle est devenue mainstream, n'est-ce pas ?

— Bien sûr.

— Alors, pourquoi n'en serait-il pas de même, une fois postée sur un outil électronique de communication de masse ? On la trouve facilement. Vous m'avez dit que votre amie a vu sur le Net des hommes qui connaissaient vos gars de l'Ohio.

— J'ai dit ça, moi ? Je suis un peu bourré.

— Vous voyez ? Le monde n'est pas si étrange que ça : sur la Toile, on peut voir des hommes qui s'injectent de la solution saline dans les testicules avec autant de facilité qu'on peut visiter le merveilleux monde de Disney. Ce n'est plus underground. C'est mainstream. Tout comme moi. »

J'ai levé mon verre. « Ssavez quoi ? Çça m'a fait pplaisir dparler avec vous. Y a un ttas dtrucs pluplus clairs, maintnant. »

Il a approché son verre du mien et on a trinqué, plastique contre plastique. « Et vous, jeune homme, vous êtes parti pour une grande aventure. Je vous salue. »

On a bu, versé, bu, versé, et c'était très agréable. Le serial killer et moi.

34

De loin, le Strip semblait recouvert de fleurs d'une douzaine de couleurs, ce matin pluvieux de printemps.

De près, le tapis de pétales n'était qu'une épaisse couche de prospectus jetés par les macs et les promoteurs de spectacles porno. Ils collaient à l'asphalte mouillé.

Réduits à l'état de boue pulpeuse par la pluie sale, ils étouffaient le bruit de nos pas. On a pataugé devant *Putes anales* et *Domination téléphonique* dans l'aube grisâtre et laide, et on a remonté la rue jusqu'à l'hôtel que je nous avais dégoté.

Après les pyramides de Louxor, les châteaux européens et l'imitation de Paris sortie tout droit d'un cerveau malade, l'hôtel était le tout dernier développement architectural de Las Vegas. Trix l'a observé et m'a collé un coup de poing dans le bras.

Le Freedom était un bâtiment logé dans une immense reproduction de la statue de Jésus, celle qui se dresse au-dessus de Rio de Janeiro. Sauf que là, Jésus portait un costume de l'Oncle Sam.

« On va dormir dans le chapeau haut de forme, lui ai-je annoncé en me frottant le bras.

— Pervers, a-t-elle sifflé.

— Oh, tu peux parler, toi. »

Elle a croisé les bras et elle s'est engagée vers l'hôtel.

« Pas de cul tant qu'on crèche ici », elle a décrété.

Je suis resté seul dans la rue étrangement silencieuse pour Las Vegas, et j'ai écouté mon pénis pleurer.

Le rez-de-chaussée était vaste. On aurait pu y faire entrer ma rue new-yorkaise tout entière. Des grooms avec des badges affichant leur nom et le titre HOMME LIBRE se sont précipités vers nous pour piquer nos bagages. L'endroit avait l'air encore en construction, d'immenses drapeaux américains dissimulaient les échafaudages et les trous dans les cloisons. L'enregistrement s'est passé sans encombre mais mon attention a été attirée par un assemblage de tentes à quelque trois cents mètres de là.

« Des réfugiés, a grogné la réceptionniste. Ils sont descendus du bateau en Californie et ont pris un bus jusqu'ici. Quelqu'un a dit qu'ils avaient vu l'hôtel à la télé, ils doivent penser qu'on a besoin de leurs fatigués et de leurs affamés. Qui aurait cru que ces gens-là avaient des télés ? »

Trix s'est penchée par-dessus le comptoir poli. « J'ai envie de vous buter », a-t-elle murmuré.

Je l'ai attrapée par le bras et l'ai fait reculer en chopant nos clés au passage. Elle a essayé de se débattre mais j'ai plongé mes doigts profond dans son biceps et l'ai attirée vers l'ascenseur.

« Ça fait mal.

— Arrête de déconner.

— J'arrive pas à croire que tu m'aies fait venir ici.

— Je pensais que ce serait marrant.

— Ça me retourne l'estomac.

— Ces mecs, ils bossent juste ici, c'est pas eux qui ont construit le bâtiment.

— Mais tu l'as entendue ?

— Elle est débile. Tu veux tuer les gens parce qu'ils sont débiles ?

— Oui. »

Les portes de l'ascenseur se sont ouvertes avec une petite mélodie de *Yankee Doodle Dandy.* J'ai poussé Trix dans la cabine. Abraham Lincoln nous lorgnait depuis le plafond.

« Écoute. Tu peux pas te contenter d'aller dans les coins du pays que tu aimes et ignorer le reste, tout en appelant ça l'Amérique. T'as pas voté pour le président, je me trompe ?

— Ça non, putain.

— Non. Je l'aurais parié. La moitié des Américains, eux, ils ont voté pour lui. Plus de la moitié du pays croit en Dieu. On peut pas l'ignorer bêtement. Je sais que tu aimes me parler de trucs inédits, me prouver qu'il existe une autre société américaine et toutes ces conneries. Alors à mon tour : voilà le reste de la population, d'accord ? »

Elle a levé les yeux vers Abe avec un frisson. « C'est horrible, Mike.

— Si j'ai pu supporter de me faire injecter un pichet de solution saline dans les couilles, tu peux bien supporter ça.

— Mais c'est que tu me fais la leçon, nom de Dieu.

— En fait, je pensais juste qu'on s'amuserait. Le coup de la leçon, c'est venu il y a une minute à peine. Et pas de blasphème ici. Tu es dans un ascenseur qui monte vers le chapeau de Jésus.

— Je crois que je vais vomir.

— Est-ce que tu t'es fait tatouer 666 quelque part ?

— Tu n'auras peut-être plus jamais l'occasion de le vérifier par toi-même, Michael McGill. »

Un bas-relief de Jésus occupait le mur entier à la tête du lit. Le sommier était équipé d'une barre en bois qui le divisait en deux par le milieu. Et les chiottes laissaient échapper l'air de *Onward Christian Soldiers* quand on soulevait la lunette.

« Je crois que j'ai des ampoules qui se forment dans mon cerveau », a déclaré Trix qui s'est roulée en boule dans un coin et s'est balancée doucement d'avant en arrière.

35

Je suis retourné au guichet d'accueil où j'ai acheté une carte du coin et loué une voiture. Quand je suis rentré dans la chambre, Trix gloussait.

« J'ai trouvé ça dans un tiroir. » Elle agitait un morceau de plastique rose qui ressemblait à une minuscule version d'un presse-citron à l'ancienne, ceux qu'on utilisait pour retirer la chair du fruit. Elle l'a retourné dans sa main pour m'en montrer la poignée, moulée à l'effigie d'un petit Jésus entouré d'un halo.

« C'est un plug anal en forme de petit Jésus, a-t-elle couiné.

— Tu déconnes.

— Y a encore mieux. » Elle a ri. Elle a ouvert un tiroir du bureau pour sortir un préservatif emballé. Elle a déchiré l'emballage avec un grand sourire. « Regarde », a-t-elle lancé en déroulant le machin.

Sur le réservoir, on pouvait apercevoir le visage de Jésus.

« Oh, mon Dieu.

— C'est Lui ! Le tiroir est plein de sex-toys chrétiens ! Je retire tout ce que j'ai dit. J'adore cet endroit.

— Trix, je suis pas bigot, mais plutôt crever que d'éjaculer dans la tête de Jésus.

— On verra ça.

— Et je ne me collerai pas non plus le petit Jésus dans le cul.

— Rabat-joie. »

36

Le soleil se couchait quand on est sortis de l'hôtel pour arpenter le Strip. Fontaines dansantes et robots pirates, le tout pendant une heure au milieu des touristes, des gens du coin à l'air abattu, des macs et des gros nazes qui distribuaient des cartes et des prospectus pour des séances de cul ou de porno.

À Las Vegas, personne n'a jamais l'air de s'amuser.

Un vieux collègue à moi m'avait un jour parlé de son projet : revenir à Las Vegas et s'enrichir. Il allait installer des chiottes publiques avec machines à sous sur le Strip. Il faudrait mettre une pièce et abaisser le levier du bandit manchot pour pouvoir accéder au saint des saints. Et si la chance n'était pas votre amie ? La porte resterait verrouillée. Il avait une vision de longues files d'attente, de gens qui mouraient d'envie de pisser et bazardaient des poignées entières de pièces pour se soulager avant que leur vessie n'explose.

Il bosse dans la pub, maintenant.

On a passé un moment à étudier la carte dans un bar – sans réussir à échapper à la cacophonie carillonnante des machines à sous – puis on est retournés au Freedom pour récupérer la voiture de location, une MG neuve à deux places qui m'avait conquis. Elle était petite et maniable, parfaite pour se frayer un chemin sur le Strip.

Quand on a enfin pu s'extraire de cette artère, un paysage de parkings s'est déroulé devant nous, aussi loin que portait le regard. On aurait pu être de retour à Columbus, San Antonio ou dans n'importe quelle autre ville.

Il faisait nuit quand on a trouvé l'endroit. Un coin cheap comme pas permis, un pavillon qui devait avoir à peine dix ans mais semblait sur le point de se désagréger comme un tas de cartons sous la pluie. Les lumières étaient allumées, plusieurs voitures étaient garées devant, mais un silence étrange y régnait. Ça m'a tout de suite paru anormal.

« J'aimerais bien avoir un flingue, ai-je murmuré.

— Pourquoi ? » Je la rendais nerveuse. Tant mieux.

« Y a un truc qui cloche. Je sais pas quoi. Si je te dis de courir, tu retournes direct à la bagnole sans poser de questions. D'accord ?

— D'accord. »

On est sortis. Quelque chose m'ennuyait. J'étais aussi un peu décontenancé : c'était la deuxième fois que j'avais envie d'un flingue en si peu de jours.

L'obscurité se faisait plus opaque.

Des voix résonnaient derrière la porte, basses et rapides. J'ai appuyé plusieurs fois sur la sonnette. Personne n'est venu nous ouvrir. J'ai gardé le doigt dessus un moment.

Une Latino au visage éclatant, mèches violettes et traces de mascara sur les joues, a ouvert la porte avec violence.

« C'est vous les toubibs ? a-t-elle crié.

— Non. On est venus voir Alexis Perez. »

Elle s'apprêtait à claquer la porte mais j'ai mis mon pied dans l'entrebâillement.

« C'est très important.

— Non, c'est pas important. Elle peut pas vous voir.

— Et pourquoi ? »

D'un coup, elle a pété un plomb. « Parce qu'elle est en train de mourir ! »

J'ai repoussé la porte d'un bras, elle a cogné la femme au passage, et je me suis rué à l'intérieur. Il suffisait de suivre les éclats de voix.

Il y avait quatre filles dans la cuisine, des Latinos elles aussi, et une à terre, nue à l'exception d'un soutien-gorge. Elle était étendue sur le ventre, en proie à des convulsions. Des marques rosâtres de piqûres lui mouchetaient les fesses. Les quatre autres auraient aussi bien pu être prostrées à ses côtés, tellement elles ne servaient à rien. Terrifiées.

J'en ai poussé une pour me mettre à genoux, puis j'ai placé la fille en position latérale de sécurité. De la bave s'échappait de ses lèvres et ses yeux roulaient dans leurs orbites. Elle émettait des sons rauques et longs, sa poitrine secouée à de violents spasmes.

J'ai levé les yeux vers les autres. « Qui a appelé les urgences ? »

Celle que j'avais bousculée à la porte d'entrée est arrivée dans la pièce, ses grandes mains serrées en poings. « C'est moi, connard.

— Rappelez-les. Ses poumons se bouchent. Est-ce que quelqu'un sait si elle fait de l'asthme ou si elle a des allergies ? »

Elles ont toutes secoué la tête bêtement.

« Est-ce que l'une d'entre vous utilise un inhalateur ? » Rien. Je l'ai fait rouler sur le dos avant de retirer ma veste pour la caler en boule sous ses pieds.

C'est à cet instant que je m'en suis aperçu. Elle était un il.

Trix était près de l'évier. Sa voix tremblait de colère. « Qui a apporté cette merde ici ? »

J'ai positionné ma veste sous les pieds du travelo. D'énormes seringues gisaient dans l'évier, à côté d'une boîte métallique contenant un liquide qui semblait avoir sa place sur les étagères d'un magasin de bricolage.

Trix a fait volte-face. « Allez. C'est qui l'attardée qui a apporté cette merde ici et la lui a injectée ?

— Qu'est-ce qui se passe, Trix ?

— C'est une fête de pompage, Mike. Une soirée où des transsexuels bourrés de putains de complexes physiques et *complètement analphabètes* », a-t-elle craché au visage de celle qui avait ouvert la porte, « se font des injections maison de silicone pour se créer des formes plus féminines.

— Hé, ça va, c'est elle qui l'a demandé », a déclaré Mèches-Violettes.

Trix lui a collé une baffe sèche. « C'est de la silicone *industrielle*, espèce de pauvre connasse ! Du mastic ! Pour faire des joints de carrelage ! On scelle des baignoires avec cette merde ! C'est ce genre de trucs qu'ils utilisent sur les plates-formes pétrolières ! »

J'ai baissé les yeux vers le garçon qui luttait pour respirer. « Oh, mon Dieu.

— Ouais, a acquiescé Trix. C'est pas un produit stérile, il est vendu mélangé à de la paraffine et ça peut tuer quelqu'un d'une bonne dizaine de façons. On a abordé le sujet dans un cours sur l'activisme transsexuel à la fac, l'an dernier. Les fêtes de pompage. Des mecs en robe qui voudraient avoir le cul de Jennifer Lopez.

— Qu'est-ce qu'on peut faire ?

— Elle est en choc toxique. Et d'après sa respiration, je parie que le produit est déjà en chemin vers ses poumons. Ça se diffuse partout. Vous lui en avez injecté quelle dose ? a-t-elle demandé à Mèches-Violettes.

— Juste ce soir, ou en tout ? »

Trix s'est ruée sur elle. « Il a un flingue mais je pourrais te buter à mains nues ! Quelle dose ?

— Deux mille millilitres dans chaque fesse. Ce soir. »

Le gars à terre s'est arrêté de respirer.

Trix et moi lui avons fait du bouche-à-bouche, en vain. Ses poumons étaient pleins d'enduit d'étanchéité. Quand l'ambulance est arrivée, il était déjà trop tard.

La fille aux mèches violettes s'est assise par terre près de l'évier, genoux repliés sous le menton. Elle répétait « Oh, mon Dieu, Alexis », encore et encore.

Mais Alexis était mort.

37

Trix et moi avons communiqué aux flics une version abrégée de la raison de notre présence sur les lieux du décès. Les agents de la Crim étaient deux vieux dogues, le genre de mecs que je n'ai jamais de mal à gérer. Aussi macabre que ce soit, il allait falloir que je jette un œil dans la maison, alors j'ai craché le morceau.

On a discuté et, à leur tour, ils ont craché leur morceau.

Ils savaient qu'Alexis était un/e, prostitué/e. Son mac était connu de leur service. Tim Cardinal, ou Tim Téflon parce que aucune plainte ni poursuite ne s'accrochaient jamais à lui. C'était un mac ordinaire avec une chance incroyable. Pousser deux vieux dogues à parler des malfaiteurs qui leur ont glissé entre les doigts, c'est comme demander à son grand-père de parler de la guerre. Heureusement que Trix et moi n'étions attendus nulle part dans la soirée.

Au bout d'un moment, après l'histoire de Tim Téflon et des cinq inculpations pour meurtre dont il avait réussi à se défiler, les deux flics ont donné leur accord pour qu'on cherche le livre dans la maison. L'affaire était claire comme de l'eau de roche, ils n'allaient pas s'embarrasser d'une enquête, et New York leur devait désormais une faveur. Les contacts et les faveurs sous le manteau comptent toujours beaucoup.

Alexis ne possédait pas grand-chose et la maison était petite. Une heure plus tard, on avait la certitude que le livre ne s'y trouvait pas.

« C'est un truc de valeur, pas vrai ? a demandé l'un des agents.

— Un peu, oui, ai-je répondu. Il est très vieux. Un collectionneur en offrirait une sacrée somme.

— Bien, alors vous savez où le trouver. Chez Tim Téflon.

— Vous croyez ?

— Bien sûr. Il est pas con. Il cause comme un avocat. Et pour un mac, il est pas totalement naze, vous savez. Je parie qu'il a confisqué le livre en échange de six mois de loyer, ou un truc comme ça.

— Ouais, a acquiescé l'autre. Ça aura permis à Alexis de garder un peu de liquide de côté et de payer ses amies pour qu'elles lui injectent du mastic dans le cul.

— C'est ignoble, mais ça me semble probable, ai-je conclu. Où est-ce que je peux trouver Tim Téflon ? »

38

« Le tuyau à merde est bousillé dans les chiottes des mecs », a lancé le videur tandis qu'on passait la porte lacérée de coups de couteau pour entrer dans le bar. L'endroit puait l'herbe, la gerbe et la merde. Deux néons sur trois avaient été explosés et des morceaux de verre pendouillaient entre les fixations.

« On cherche Muppet », ai-je annoncé comme l'avaient suggéré les deux flics.

Le videur nous a dévisagés avec un véritable dégoût incrusté dans son visage suturé. « Boulot ou détente ?

— Rien que du boulot.

— Bien. Tournez-vous. » Le videur m'a fouillé d'un geste professionnel.

« Poche intérieure », a-t-il grogné. J'ai tendu le pan droit de ma veste pour qu'il l'inspecte.

« C'est un ordi de poche, ai-je expliqué. Prenez-le pour vérifier. » Il l'a sorti avec prudence, l'a tourné entre ses mains jusqu'à trouver le bouton d'ouverture, puis l'a démarré.

« Euh. Il a quoi, comme fonctions ?

— Emails. Jeux.

— D'accord. » Il me l'a rendu et il a fouillé Trix ; pas de tentative de pelotage. Il avait été à bonne école, dans un truc officiel. Je ne tenterais pas ma chance contre lui.

Satisfait, il nous a demandé si on savait à quoi ressemblait Muppet.

« Non, ai-je répondu. Vous avez déjà compris qu'on n'était pas du coin. On lui dit deux mots et on s'en va. C'est le deal, point final.

— Très bien. Au bout du bar, il est roux et il a des yeux comme vous n'en avez jamais vu sur un humain. Prenez un verre, ne vous la racontez pas et je ne verrai aucune objection à votre présence ici. »

Je l'ai remercié et on s'est avancés vers le bar. Le mec que les flics appelaient Muppet était bien là. Des cheveux comme de la laine rouge, des sourcils écarlates probablement maintenus en place grâce à un fouet et à un tabouret de dompteur, et des yeux qui se détachaient comme si quelqu'un lui avait glissé deux œufs au plat dans les orbites. Il portait un débardeur si vieux et élimé qu'on voyait ses côtes à travers. Il était maigre au point qu'on aurait pu distinguer les battements de son cœur dans sa cage thoracique. Un jogging couvert de brûlures de cigarette et puant la came tombait sur une paire de baskets flambant neuves.

On a commandé un verre et on l'a observé un moment. Je voulais le jauger mentalement. À intervalles réguliers, sa poche lâchait quelques mesures de *Axel F*, et il y plongeait la main pour pêcher son portable qui émergeait toujours de là avec des lambeaux de Kleenex accrochés par une morve velcro. Il énonçait des chiffres d'une voix nasillarde, puis il raccrochait et le rangeait. Il buvait quelques gorgées de bière. Même chose.

Quand il a remis son téléphone dans sa poche pour la cinquième fois, je l'ai abordé. Muppet m'a immédiatement scruté de ses yeux injectés de sang.

« Vous êtes Muppet ?

— Muppet, a-t-il acquiescé. Flic.

— Détective privé. Y a pas de lézard. Je voudrais parler à Tim, pour lui acheter un truc qu'il a récupéré il y a peu de temps. Ce sera une affaire clean, pas de flics, pas d'embrouilles.

— Dites à Muppet. Muppet lui répétera.

— Si j'arrive à lui parler en tête à tête ce soir, vous aurez un bonus. Mon client offre cinq mille dollars.

Ses yeux rouges ont fait des montagnes russes dans sa tête. « Quinze.

— Dix. » Je voulais débuter avec ce chiffre, avant de l'avoir vu de plus près.

« Maintenant.

— Quand j'aurai eu ce que je veux. Sinon, mon client ne me donnera pas l'argent.

— Maintenant.

— Pas possible.

— Maintenant.

— Laissez tomber, ai-je lâché en faisant demi-tour pour prendre Trix par la main.

— Vous allez où comme ça ?

— Chez les flics. Je voulais pas les mêler à ça, je voulais jouer à votre niveau. Mais si c'est au con que vous voulez jouer, je vais aller parler à quelques amis des forces de l'ordre. Ils viendront le cueillir pour une affaire bidon et lui fileront un portable pour que je puisse m'adresser à lui directement. Mes potes se partageront huit mille dollars, ce qui m'en laissera deux mille pour ma gueule. Et quand Tim demandera qui a merdé au point de l'obliger à passer une nuit en cellule avec un violeur sidaïque, je répondrai que c'était toi.

Je veux bien traiter direct avec toi, mais j'ai pas envie qu'on me pète les couilles. »

Muppet s'est replié sur lui-même en geignant. « Muppet triste.

— Bonne nuit, ai-je lancé, et je me suis éloigné.

— D'accord, a-t-il admis en sortant son portable.

— T'es marrant quand tu te la joues gros bras », a chuchoté Trix.

Je lui ai marché sur le pied.

39

« Putain, je voudrais bien avoir un flingue », me suis-je entendu dire.

L'adresse que nous avait donnée Muppet, après une éternité pendu au téléphone pour expliquer la situation à Tim Cardinal dans une langue digne de ces putains de Teletubbies, ressemblait très fortement à une station de traitement des eaux abandonnée. D'énormes pompes dégueulasses se dressaient, mortes ; l'endroit était plongé dans l'obscurité et ça sentait les embrouilles.

« Tu crois qu'il est un poil parano ? » a fait Trix en souriant.

La porte principale était ouverte, comme l'avait précisé Muppet. Une lourde lampe torche avait été déposée sur le sol à notre intention. Je l'ai allumée pour éclairer l'intérieur qui semblait avoir été vidé de force en deux minutes. Des tasses de café traînaient encore sur les tables, la surface du liquide couverte d'une moisissure vert fluo. Dans la cantine, des champignons s'étalaient sur des assiettes laissées en plan au beau milieu d'un repas et des couverts étaient noyés sous une épaisse couche de mousse. Ici et là, des manteaux pendaient encore à des crochets.

On avait reçu des instructions. On est descendus. Les escaliers en métal rouillé lâchaient des grincements dissonants. Le sol en pierre mouillée absorbait les autres sons. Même le bruit de nos pas sonnait faux.

Deux étages plus bas, on a trouvé la porte qu'on cherchait, marquée d'un X gratté à la va-vite dans l'acier. Un étrange rai de lumière filtrait sous le chambranle. Je suis entré en premier en serrant la lampe plus bas sur le manche, pour l'utiliser comme matraque si nécessaire.

La porte donnait sur un tunnel long, humide et puant. J'ai porté mon attention sur le sol. La lumière provenait d'une vingtaine de bâtons phosphorescents jetables tout juste allumés et jetés par terre.

Les yeux rivés sur eux, je n'ai pas regardé ailleurs.

Trix a poussé un cri.

J'ai fait volte-face. Un canon de flingue était pressé contre sa paupière.

Un grand type mince à la peau pourrie et aux yeux de poupée se tenait dans son dos, un bras autour de sa gorge, revolver en main.

« Le truc, avec les balles bon marché, a-t-il déclaré, c'est qu'elles risquent d'exploser dans son crâne. Je peux lui tirer dans le cerveau, mais la balle ne ressortira pas forcément de l'autre côté. Je m'appelle Tim Cardinal. J'ai cru comprendre que vous vouliez me voir. »

Des yeux morts. Qui ne reflétaient aucune lumière. Noirs et immobiles. Son sourire était poli et sans vie.

« C'est pour le boulot », ai-je expliqué.

Son sourire poli s'est agrandi sur-le-champ, comme s'il s'était entraîné à afficher ses expressions faciales devant un miroir. « C'est comme ça que je bosse. Je n'ai aucune envie de la tuer. Mais bon, je n'ai jamais envie d'aller aux toilettes ni de manger non plus. Je le fais pour survivre. Et ça aussi. Vous vouliez me voir ?

— Trix, détends-toi. On va faire affaires. Il n'aura aucune raison de te faire du mal.

— Tu crois vraiment qu'il a besoin d'une raison ? »

Tim Cardinal a éclaté de rire. Ça m'a fait sursauter : on aurait dit un coup de feu dans une pièce minuscule. « Oh, vous me plaisez bien, vous. Bon. Je ne vais pas vous le redemander. Vous vouliez me voir ? »

J'ai dirigé le faisceau de la lampe sur son visage. Je voulais qu'il se concentre sur moi, pas sur Trix.

« Alexis Perez a reçu un livre en paiement d'un client, ai-je dit d'une voix aussi forte et déterminée que possible tandis que Trix gardait l'œil braqué sur le fond du canon. Je crois que vous lui avez pris ce bouquin. C'est une antiquité rare. Mon client m'a engagé et m'a demandé de vous le racheter pour un prix non négligeable. Un achat sous le manteau, virement bancaire, aucune trace.

— Comment peut-on effectuer un virement bancaire sans laisser de trace ?

— Mon client est très important. Ça ne lui posera aucun problème. Je suis ici pour vous proposer de l'argent en échange d'un livre qui ne vous sert à rien. On n'a pas besoin de tout ce délire.

— Si le livre est si important aux yeux de votre client, pourquoi est-ce qu'il ne me servirait à rien ?

— Est-ce que vous comptez vous lancer bientôt dans la politique ? »

Il a émis un autre rire, emprunt d'une sorte d'amusement authentique. Le tunnel l'a tout de même transformé en un bruit plat et horrible. « Non.

— Alors il ne vous servira à rien. »

Il a cogité. « C'est le vieux machin en reliure de cuir qu'elle a récupéré chez un Texan ?

— Tout à fait.

— Et elle vous a dit que c'était moi qui l'avais ?

— Elle est morte. Il y a quelques heures. Un accident. Chirurgie esthétique maison.

— Oh. » L'espace d'un instant, il a presque semblé soucieux. Puis : « Alors comment est-ce que vous savez que je l'ai ? Qui vous l'a dit ?

— Je suis détective. Je réfléchis. Lâchez-la, maintenant.

— Non.

— Pourquoi ?

— Parce que vous voulez que je le fasse. Vous n'êtes pas armé, hein ?

— Non. » Putain.

Il ne s'est pas donné la peine de sourire mais une lueur est apparue dans ses yeux pour la première fois. Il s'amusait. Il contrôlait la situation et il le savait. C'était la seule chose au monde qui pouvait déclencher un battement de son pouls.

« Je n'ai pas le livre.

— Alors on va vous laisser. Sans rancune, on n'y reviendra plus. C'est la dernière fois que vous nous voyez.

— Mais vous avez de la thune, pas vrai ?

— Pas sur moi. Qui a le livre ?

— Ah. J'ai donc deux choses en ma possession qui vous intéressent. À quel prix estimez-vous sa vie et le nom ?

— Je me tape du nom. Lâchez-la. »

Cardinal a souri. « Je trouve ça très intéressant. Je crois que je vais vous tuer tous les deux. Elle d'abord. Comme ça vous regarderez. Ça serait sympa, non ?

— Je peux avoir accès à quatre cent mille dollars tout de suite.

— Ils sont où ?

— Sur un compte bancaire. Ils sont à vous si vous la relâchez. »

Trix est restée bouche bée.

« Et comment je récupère cet argent ? On va à la banque ensemble ? Je ne crois pas, non. »

Merde. J'ai réfléchi de toutes mes forces pour trouver une solution.

« Mike, a dit Trix d'une petite voix. L'ordi portable.

— Il y a un ordi dans ma poche intérieure. Il est connecté à Internet. Je peux accéder à mon compte. Je vais le sortir doucement, d'accord ? »

J'ai ouvert ma veste et j'ai extrait l'appareil à deux doigts, avec précaution. Il m'a regardé d'un œil de faucon. J'ai allumé l'ordi et me suis mis à appuyer sur les touches. La connexion a toussoté – j'étais surpris qu'elle marche, vu qu'on était deux étages sous terre – mais j'ai réussi à aller sur la page de la banque. J'agitais mes pouces comme un fou mais je ne pigeais rien à ce truc. Je l'ai tendu dans leur direction.

« Trix se débrouille mieux que moi. »

Il a pesé le pour et le contre. Je tremblais clairement. Ça lui plaisait. Cardinal a écarté le flingue et, à bout de bras, il l'a pointé avec soin sur l'arrière du crâne de Trix. « Allez-y. »

Trix a attrapé l'ordi et s'est mise à tapoter avec adresse et précision. Elle a penché la tête vers Cardinal. « C'est quoi, votre numéro de compte ? »

Amusé, il lui a communiqué les numéros et les codes, qu'elle a entrés avec une concentration magnifique. Elle lui a montré l'appareil par-dessus son épaule. « Vérifiez. »

Il a empoigné l'ordi et a passé quelques secondes à l'étudier. La lumière des bâtons phosphorescents commençait à faiblir et la lueur froide de l'écran éclairait ses traits tirés.

« Eh bien, a-t-il fini par dire. On dirait bien que votre compte est vide et que le mien est plein.

— Et c'est irréversible, a précisé Trix. C'est écrit au bas de la page. Vous avez l'argent et on ne peut plus vous le reprendre. »

Cardinal a repassé l'ordi par-dessus l'épaule de Trix.

« Ça a été un plaisir de faire affaires avec vous. » Il a plongé la main dans la poche de son manteau. L'éclat phosphorescent était presque éteint et j'ai maintenu le faisceau de la lampe sur lui tandis qu'il farfouillait. Il a sorti une pochette d'allumettes.

« Avant votre arrivée, j'ai inscrit le nom et l'adresse de l'entité à qui j'ai vendu le livre. Je préfère être préparé à toutes les éventualités, même les plus étranges. Vous devriez en faire de même. »

Les derniers bâtons se sont éteints. Il a jeté la pochette à terre. Je l'ai suivie du faisceau de la lampe et quand je l'ai relevé pour éclairer Cardinal, il avait disparu. Le bruit de ses pas avalé par les dalles du sol.

40

De retour à la voiture, Trix tremblait comme une feuille. Elle a essayé d'afficher un faible sourire. « Ce n'est plus aussi marrant, tout à coup.

— Je t'ai bien dit que je détestais Las Vegas, ai-je répliqué en démarrant le moteur.

— Attends une seconde. Tu viens de donner quatre cent mille dollars à quelqu'un pour me sauver la vie. »

Comme je suis un vrai connard, j'ai répondu : « Ben, c'était pas ma thune.

— Si, ça l'était. Si on ne retrouve pas ce livre, tu n'auras pas d'autre paiement que cet argent-là. Et tu viens de le claquer. Pour moi.

— Soyons honnêtes. Je l'aurais bu, de toute façon. Et c'est moi qui t'ai mise dans cette sale situation. »

Elle est partie d'un rire qui ressemblait à une crécelle. « Je crois que c'était la première fois que tu ne me demandais pas de rester dans la voiture.

— Tu vois ? C'était de ma faute. » J'ai enclenché une vitesse et on est partis. « Et il faut maintenant que je trouve un moyen d'aller jusqu'à Los Angeles sans argent.

— Il y avait plus de quatre cent mille dollars sur ton compte. J'ai fait passer un peu de thune sur le mien avant d'envoyer les quatre cent mille sur le sien. »

J'ai réfléchi un instant. « C'était sûrement le salaire que je te devais déjà.

— Et alors ? Je suis ton associée. On s'en servira pour terminer le boulot.

— C'est ton argent, Trix.

— C'est pas mon argent, tout comme c'était pas le tien. Pas vrai ?

— Tu devrais pas être sous le choc ou je sais pas quoi ? »

Ça l'a ramenée quelques minutes en arrière. Elle m'a collé un coup de poing dans le bras puis s'est enfoncée dans le siège. « Putain, quelle soirée. Je remettrai plus jamais les pieds ici. T'as parlé de Los Angeles ? »

J'ai lâché une bouffée d'air rance. « Ouais. Ce connard a vendu le livre à un cabinet d'avocats de Los Angeles. Non mais tu y crois ?

— Tu déconnes.

— Nan.

— Je connais un avocat à L.A. En fait, je pense même qu'on pourrait coucher chez lui. Ce qui est plutôt bien, vu qu'on ne peut plus se permettre que des hôtels minables, maintenant.

— Qu'est-ce qu'on peut encore se permettre ? »

Elle a souri. « T'es déjà parti d'un hôtel sans payer ? »

41

Une fois la cloison de bois retirée du milieu du lit et sa culotte pendue au visage de Jésus, elle m'a embrassé. Un long baiser tendre et chaud, comme elle ne m'en avait jamais donné avant. Elle a chuchoté : « Tu m'as sauvé la vie. Tu as laissé tomber le livre, le boulot et la thune pour me sauver la vie. Je pourrais vraiment tomber amoureuse de toi. »

J'ai déjà dit je t'aime quand je le pensais vraiment. J'ai déjà dit je t'aime quand c'était le bon moment. J'ai déjà dit je t'aime quand dire autre chose aurait pu blesser l'autre sans raison. Et là, dans l'obscurité, je n'ai rien pu dire.

42

On a filé en douce par l'arrière de l'hôtel et on a pris un bus pour l'aéroport, où Trix a acheté deux billets en seconde classe pour Los Angeles. Elle a pris mon portable pour appeler son ami mais n'a visiblement eu que son répondeur. Elle s'est détournée de moi et a marmonné ce qui m'a semblé être un message ridiculement détaillé.

Après ça, on a attendu une heure, adossés l'un contre l'autre sur les fauteuils en plastique inconfortables de la salle d'embarquement, fatigués, stressés et silencieux. J'ai jeté un œil à la télé qui diffusait des images saccadées et pixelisées de la guerre au Moyen-Orient. Du sang sur la route. Filmé par une caméra maladroite tenue à la main. Un soldat américain, la vingtaine, qui pleurait et criait en direction de ce que j'imaginais être son supérieur. Le son était coupé, tout ce qu'on voyait, c'était le gamin déguisé en soldat qui poussait un hurlement silencieux, son uniforme aspergé de sang.

Un gros est passé devant nous en traînant une valise à roulettes. Elle paraissait tout juste assez grande pour contenir un de ses caleçons. Sur la valise, il avait apposé un autocollant brillant qui clamait JE SOUTIENS NOS TROUPES. J'ai levé les yeux vers l'officier choqué qui ne savait pas quoi répondre à son soldat hurlant, et j'ai décidé que je soutiendrais nos troupes dès que j'aurais une preuve que nos troupes se soutenaient entre elles. Ça n'a pas arrangé mon humeur.

J'ai collé un coup de coude dans la tronche d'un enfant pour que Trix puisse s'asseoir au hublot et elle s'est endormie tandis que je m'excusais encore auprès de la mère obèse et cradingue. Quand l'hôtesse s'est approchée pour intervenir, je lui ai expliqué que la mère me hurlait dessus en irakien. Elle et son engeance empoisonnée ont été brutalement escortées hors de l'avion.

Je me suis installé à côté de Trix et un homme entre deux âges au profil de faucon qui dégageait une odeur de renfermé s'est assis sur le siège de l'allée. Son costume pied-de-poule avait dû lui être vendu d'occase à l'époque où Dieu n'était encore qu'un enfant. Et quand j'y ai regardé de plus près, ce que j'avais pris pour des guêtres abîmées étaient en réalité des chaussettes de sport grises, découpées et enfilées par-dessus ses bottes noires défoncées.

Après le décollage, Trix a continué à dormir, un truc bien à elle qui me poussait un peu à lui en vouloir. Voire à la détester.

Mon voisin m'a observé derrière son nez, puis il a pris une longue inspiration comme pour vidanger ses narines. « Vous avez l'air épuisé. Voyageur ?

— Si on veut, oui. New York, Columbus, San Antonio, Las Vegas. Je vais à Los Angeles. »

Il a frétillé de plaisir à cette idée. « Quelle petite artère tortueuse vous parcourez là. Jusqu'au cœur de l'Amérique. Les valves rouges et palpitantes de Los Angeles. Une bien belle destination pour un détective. »

J'ai senti ce petit coup de scie dans mon estomac, celui qui m'attaque chaque fois que je n'arrive pas à mettre le doigt sur quelque chose qui cloche. C'est comme savoir qu'un truc vous attend tapi au coin de la rue, avec ses grandes dents et son érection mastoc. « Comment vous savez que je suis détective ?

— C'est cette odeur que vous dégagez. Vous sentez le Crime. Moi aussi je suis dans le métier. Je suis détective consultant. Je m'appelle Falconer. Vous avez peut-être déjà entendu parler de moi ?

— Euh… non.

— Mais mon nom a été cité dans *The Investigator's Companion.*

— Je ne sais pas ce que c'est.

— Le *Companion* ? C'est le mensuel des détectives.

— Jamais entendu parler.

— Aaah. Ça explique tout. Je suis Falconer, mon garçon ! Je suis le plus grand détective consultant du monde. C'est moi, Monsieur, qui ai résolu une enquête en plaçant le pénis de la victime dans ma bouche.

— Vous avez sucé la bite d'un cadavre.

— Ne soyez pas répugnant. Pas étonnant que vous ne lisiez pas le *Companion*. Vous êtes sans aucun doute un pervers. Il me fallait juste en apprendre plus sur la femme avec qui il avait fait l'amour avant de mourir. Mes jeunes années en tant que prostitué m'ont doté de sens extrêmement développés et d'une langue particulièrement sensible. En goûtant la zigounette du cadavre, j'ai pu en déduire que la femme utilisait un spermicide puissant – qui m'a d'ailleurs privé de mes facultés gustatives pendant quelques minutes – mais que son vagin avait également un goût affreux et unique. Ce qui nous a menés directement vers une dealeuse et consommatrice d'amphétamines (produit qui affecte le goût des sécrétions féminines) : une prostituée vagabonde qui avait piégé et assassiné notre homme. »

Par un accident tout à fait volontaire, j'ai donné un coup de pied dans la cheville de Trix. Elle ne s'est pas réveillée. Je la détestais.

« Ce n'est pas le crime le plus étrange que j'aie eu à résoudre, bien sûr, a continué Falconer en se curant le nez. Imaginez la scène : une jeune fille mince à la poitrine plate et au petit derrière, entièrement baignée de sang, et un vieillard prostré au sol, sans pénis. Moi seul, le grand détective consultant, doté de pouvoirs surnaturels affûtés par des années d'amours professionnelles avec des mammifères de toutes espèces, moi seul pouvais éclaircir cette affaire. Anus dentata, c'était à ne pas y croire.

— A… quoi ?

— Anus dentata. Rare, mais authentique. Le vieil homme, dépourvu de son appareil reproducteur, préférait prendre son plaisir par la porte de derrière. Malheureusement, les dents anales de la pauvre fille s'étaient refermées malgré elle, au cours d'une stimulation musculaire locale. Coupant et avalant nette l'érection de l'évêque.

— De l'évêque.

— Oh Seigneur, oui. La fille, avec sa silhouette de garçonnet, portait un uniforme scolaire à pantalon, et non à jupe. Le malheureux homme d'Église, délesté de son pénis, essayait de détourner les enfants de chœur. Ce serait triste, vraiment, si ce n'était pas aussi drôle. De quel genre d'affaires vous occupez-vous ?

— Divorces. Abus d'autruches. Zoophilie tantrique.

— Oh ! Une âme sœur ! Un frère qui arpente les couloirs humides des inventions sexuelles et de la romance criminelle ! Avez-vous déjà entendu parler du Tueur aux souliers rouges ?

— Non.

— Quatre putes à crack ont été retrouvées dans une machine à laver. Leurs plantes de pieds avaient été légèrement poncées et on les avait obligées à danser sur une piste saupoudrée de la plus pure des cocaïnes. Le tueur, voyez-vous, était un professeur de littérature anglaise, à la fois hédoniste et hébéphrénique. Un homme qui essayait, à tort, de retrouver une attitude enfantine grâce au vice. *Les Souliers rouges !* Vous vous en souvenez ? « Dansez, ma mie. Dansez dans vos souliers rouges jusqu'à en être pâle et glacée, jusqu'à ce que votre peau se fripe et que vous ne soyez plus qu'un squelette ! » Un conte de fées. Revisualisez la scène : du sang qui goutte de leurs plantes ensanglantées et recouvertes de cocaïne, la danse forcée ? Des pieds maculés de sang, mon confrère détective – des souliers rouges.

— Bon, écoutez, j'ai eu une soirée merdique. Je vous ai suivi dans votre délire autant que j'ai pu parce que ça doit être une sorte de punition divine ou je sais pas quoi, un truc avec lequel j'ai appris à vivre, que j'ai fini par accepter. Mais vous êtes en train d'inventer tout un tas de conneries et j'aimerais bien que vous arrêtiez. »

Falconer s'est redressé, épaules contre le siège, et m'a laissé voir son profil méprisant. « Si vous lisiez le *Companion* – ou plutôt, si vous étiez un bon détective, Monsieur – vous sauriez que Falconer n'invente jamais rien. Les affaires sur lesquelles je travaille sont trop inhabituelles et affreuses pour figurer dans les médias électroniques, mais elles ne sont pas dissimulées. Non, Monsieur. Elles sont *publiées.* Elles font partie du courant dominant dans notre sainte profession. Et elles ne sont *pas le fruit de mon imagination.* »

Il a continué à radoter ses conneries pendant un moment. Un truc ne collait pas. Ce n'était pas l'étrangeté habituelle de mon existence. C'était autre chose. Une bombe qui attendait d'exploser.

« … la police scientifique a confirmé que le placenta qui obstruait l'œsophage de la jeune fille attachée au lit était celui qui avait porté le jeune homme assis dans la pièce avec elle, celui aux testicules blessés. Le placenta avait été intelligemment préservé par un astucieux criminel dans ce but précis : étouffer l'amie du jeune homme. Le criminel astucieux était bien sûr la mère du garçon.

— Monsieur Falconer ?

— Un instant, je vous prie. Comme je disais, les deux jeunes portaient une marque de seringue. Ma supposition : la mère du jeune homme était entrée dans la maison alors qu'ils étaient en plein coït, armée d'une seringue pleine d'une substance qui les rendrait plus… dociles. La jeune fille avait été attachée, le placenta fourré dans sa bouche. Elle était morte étouffée pendant que la mère ligotait son fils sur une chaise en bois avant de le défoncer jusqu'à ce que les vaisseaux sanguins de son scrotum éclatent au contact brutal du bois. Le crime et le sexe sont toujours inextricablement liés, j'ai pu le constater.

— Je me demandais…

— Bien sûr que vous vous posez des questions. Vous êtes un homme intelligent. Elle l'a effectivement forcé à éjaculer dans une poche en plastique comme celles qu'on trouve dans les établissements médicaux, pour injecter ensuite le sperme vigoureux dans son propre système sanguin, dans le but de rester éternellement jeune. Je la soupçonne de l'avoir élevé pour son seul plaisir sexuel et, fruit de son esprit tordu, pour l'obliger à produire des substances censées retarder son vieillissement. La fille a été tuée pour l'instruction du jeune homme, et en représailles : tu appartiens à Maman. Le détail le plus fascinant, à mon goût, était les liens utilisés pour attacher les cuisses du garçon : un tissu déchiré, littéralement, des jupons de sa mère. J'ai hésité à rencontrer la femme, vous savez. Vêtu d'un uniforme d'écolier et équipé d'une coquille en plastique pour protéger mon précieux scrotum, je crois que je serais entré chez elle comme dans du beurre.

— Pourquoi est-ce que vous allez à Los Angeles, Monsieur Falconer ? »

Il s'est fendu d'un sourire béat. « La chasse est ouverte, mon jeune confrère. J'ai entendu parler d'un demi-monde à Los Angeles.

— Sans blague.

— Absolument. Mais pas un groupe d'adeptes sexuels comme on en voit souvent. Ceux-là ne sont pas des buveurs de pisse ou des spécialistes de la fellation-vomi, non non. Je vous parle de soirées où les invités, atteints de maladies sexuellement transmissibles, font venir de jeunes étrangers arrachés à leur pays pour ces plaisirs ignobles. Les invités parient sur le premier adolescent à mourir de la maladie ainsi transmise.

— C'est horrible.

— Et un des participants possède illégalement une statuette aux allures aviaires, fabriquée à Malte. J'ai été engagé pour récupérer l'oiseau et — »

J'ai attrapé mon briquet dans ma poche et le lui ai tendu. « Vous pourriez me tenir ça une seconde, s'il vous plaît ?

— Avec plaisir. »

Il a pris le briquet. Je lui ai collé plusieurs coups de poing dans la tête, puis j'ai dit aux hôtesses et aux passagers autour de nous que j'avais vu Falconer essayer d'enflammer un truc dans ses chaussures.

Quand on est arrivés au-dessus de l'aéroport de L.A., le visage de Falconer ressemblait à un steak pourri. Tout le monde avait participé, même une vieille à cinq rangées derrière nous, qui avait cassé son gobelet en plastique et avait lacéré le détective avec plus d'habileté qu'un street fighter. J'ai ouvert un sac à vomi et l'ai enfilé sur la tête de Falconer. Trix ne s'est pas réveillée du voyage.

43

Je me suis penché sur Trix pour observer Los Angeles. Un bol orangé retourné sur la ville. De loin, on se demande vraiment comment quiconque peut vivre là.

On avançait d'un pas traînant et saccadé vers le portique de sécurité dans le terminal des arrivées, quand Trix m'a montré quelqu'un du doigt. Une Asiatique en tailleur attendait derrière les barrières à bétail humain qui régulent la circulation des passagers dans le hall : elle tenait un bloc-notes où l'on pouvait lire sur la première page, inscrit au feutre, TRIX+1.

Trix m'a attrapé par la main et m'a traîné à travers la foule jusqu'à la fille. « Je m'appelle Trix Holmes, et voici mon plus-un. C'est Brom qui vous envoie ? »

La fille nous a dévoilé un rang de dents blanchies. Je n'oserais pas appeler ça un sourire. « Salut. Moi, c'est Blair ? L'assistante de Brom ? Je vais vous conduire à la maison ? Suivez-moi ? »

Une clim à vous glacer les os a laissé place à un mur de chaleur polluée à l'instant où on est sortis dans la rue. Au point que j'ai été obligé de faire un pas en arrière. Blair a traversé la chaussée d'un pas assuré, comme un guide autochtone, dressant son majeur aux taxis et aux limousines tandis qu'elle marchait vers la déposeminute. Un 4 × 4 d'un gris neutre a salué son porte-clés d'un blip sonore et elle nous a laissés jeter nos bagages dans le coffre avant de monter à bord.

« Je vais devoir vous déposer à la maison ? Je suis en retard pour mon rendez-vous de rétrécissement vaginal ? »

Trix a froncé les sourcils. « Chérie, t'as vingt et un ans à tout casser. Ton vagin n'a sûrement pas besoin d'une connerie de ce genre. En plus, on a toutes une taille différente. C'est la nature, c'est tout. »

Blair s'est retournée sur son siège et a détaillé Trix de haut en bas, comme on mate un phénomène de foire. « Ouais, bon ben, toi, t'es de *New York.* »

Trix m'a regardé comme si tout était de ma faute, puis elle s'est calée dans la banquette. La route était longue. Prendre et quitter plusieurs autoroutes, serpenter sur les rampes d'accès. Mon attention divaguait et quand je regardais à nouveau par la fenêtre, je n'avais aucune idée de l'endroit où on était. Blair n'était pas d'humeur à nous faire une visite guidée, elle se contentait de hausser les épaules à chaque question. Son esprit calculait les minutes qui tictaquaient vers son opération vaginale tant attendue.

Au bout d'une heure, on a fini par se garer devant une maison d'un blanc aveuglant, perchée au bord de ce qui me semblait être une falaise surplombant la vallée de Los Angeles. Je suis descendu de voiture en premier, impatient de soulager mon cul endolori. La lumière était magnifique. Je n'avais jamais compris, avant d'arriver ici, pourquoi l'industrie cinématographique s'était installée dans le coin. Ce n'était pas simplement pour s'éloigner de New York et vivre dans un système économique digne du Far West. À cette hauteur, au-dessus du nuage de pollution, la lumière rayonnait d'une clarté puissante à faire pleurer un peintre. Mais à mon avis, tous les artistes de L.A. devaient se masser là-bas, sous le bol orange, à disséquer des moutons et à fabriquer des boîtes bizarres qu'ils appelaient ensuite œuvres d'art.

J'ai essayé d'expliquer mes pensées à Trix mais elle m'a parlé d'une connaissance à elle, là-bas sous le nuage, qui exerçait son art en entrant illégalement dans les hôpitaux pour rejouer des opérations horribles du XIXe siècle, avec des patients en psychiatrie à l'obésité morbide et des strip-teaseuses couvertes de sang.

Blair nous a fait entrer dans la maison. Le couloir ressemblait au hall d'entrée d'un hôtel quatre étoiles. Elle nous a expliqué que Brom était booké pour toute la journée mais qu'il tenait à ce qu'on fasse comme chez nous jusqu'à son retour. Elle nous a détaillés des pieds à la tête une dernière fois, comme pour deviner combien de trucs on était capables de piquer à Brom, puis elle est partie à toute vitesse, impatiente de se faire suturer les parties génitales.

Une fois la porte fermée, j'ai jeté un œil à la maison. « Ton ami s'en sort plutôt bien, hein ?

— Brom a bien réussi. Il accepte des dossiers de grosses compagnies pour défendre à titre gracieux les affaires de liberté civile. Il bossait à New York, avant. Il luttait contre le maire, Giuliani. Il a déménagé ici après le 11 Septembre.

— C'est un bon ami à toi ?

— On est sortis un petit peu ensemble. C'est un bon ami, ouais.

— Hin-hin.

— Mike, on a déjà parlé de ça. Tu vas pas commencer à jouer les mecs bizarres ?

— Non, non. Je suis fatigué, c'est tout. J'ai eu quelques mauvaises journées, tu vois.

— À qui le dis-tu.

— T'as l'air de bien tenir le choc. »

Elle a souri et m'a collé un baiser dur et puissant sur les lèvres. « Et pourquoi il en serait autrement ? Tu m'as sauvée.

— L'oublie pas, surtout quand ton ex d'avocat voudra essayer de glisser la main à titre gracieux dans ta culotte.

— C'est toujours mieux que de payer un loyer. *Je déconne.* Arrête de donner l'impression que tu t'es chié dessus.

— Je vais faire un tour pour trouver à manger. Si je ne suis pas de retour d'ici deux jours, appelle la police. C'est sûrement que je me serai perdu dans un de ces placards, un truc dans le genre. »

44

« Ça se mange, l'edamame ?

— Bien sûr, a répondu Trix depuis le salon, à environ trois kilomètres de la cuisine. C'est des haricots. On les cuit à la vapeur et on les mange avec du gros sel. »

J'ai replacé le sac de machins verts qui avait été déposé artistiquement sur le bar et j'ai continué à farfouiller dans les étagères de l'immense cuisine en acier brossé. Des tas de paquets et de boîtes au contenu étrange qui devait certainement être comestible, des piles de livres sur les régimes Atkins et GI. Je doutais que l'ami de Trix cuisine dans cette pièce. Rien ne semblait avoir été utilisé et les objets étaient rangés pour le plaisir des yeux plus que pour leur fonction première. Ce mec devait souvent manger au resto.

Vu que Trix n'était pas dans les parages, j'ai fouillé les tiroirs. Une liasse de factures dans le premier, avec un post-it sur chacune pour préciser qu'un assistant l'avait réglée. Les papiers étaient posés assez haut. Le tiroir avait un faux fond, un machin artisanal maintenu par deux clips. J'ai fait sauter la fixation de gauche pour soulever la cloison en bois. Elle dissimulait un flingue, un holster en cuir flambant neuf et une petite boîte de munitions. Le permis de port d'armes était glissé dessous.

J'ai acquis une certaine connaissance en armes à feu, pendant mes années à Chicago. Je ne les aime pas particulièrement. Cela dit, je n'ai jamais rencontré personne qui les apprécie, dans les forces de l'ordre ou dans les bureaux d'investigation. Les flics les considèrent comme des outils. Les détectives, eux, les perçoivent comme une assurance ou, dans de nombreuses occasions, comme de mauvais prétextes pour se faire canarder. Les mecs qui aiment les armes, on les trouve souvent étendus sur une table d'autopsie pendant que les rats de laboratoire du service de balistique leur retirent des morceaux de métal de la poitrine.

J'ai souri en regardant l'engin. C'était un Magnum Ruger Super Blackhawk, calibre 44. J'avais rencontré le célèbre détective Jay Armes à une conférence, un jour. Il avait des crochets à la place des mains – elles avaient été déchiquetées par une boîte de pétards quand il était gosse et la légende voulait qu'il ait un flingue dans un de ses crochets –, des cheveux effrayants et une veste qui me faisait mal aux yeux. On lui avait tiré dessus avec un calibre 44 et il avait raconté la blague sur le Super Blackhawk qui remontait aux années 50, au moment de sa sortie, quand il était souvent utilisé dans les attaques de trains. Il suffisait de tirer un coup sur la locomotive pour qu'elle s'arrête. C'était un colossal morceau de métal bleu et lourd, un revolver à six coups : pas le genre de flingue qu'on achète pour protéger sa maison. Le canon long, les balles énormes et le poids du machin qui amortit le recul font du Super Blackhawk une arme extrêmement précise, capable d'immobiliser la cible d'une seule balle. Et si cette putain de balle ne vous tue pas, la force de l'impact vous soulève de terre. De nos jours, il est plutôt utilisé comme arme de poing par les chasseurs. Dieu seul sait ce qu'on peut chasser, avec ce truc. Tout animal plus petit qu'un rhinocéros exploserait comme si Dieu Lui-même avait passé la main à travers les nuages pour lui coller un pain sur la tête.

Ce mec voulait un beau flingue de style rétro. Un six coups, rien que ça. Avec un holster, même, qui puait le cuir neuf et crissait quand on appuyait dessus. Je parie qu'il le met de temps à autre et pose avec devant le miroir. Quelqu'un devrait lui dire que Travis Bickle était originaire de New York, l'inspecteur Harry de San Francisco, et qu'aucun des deux ne se serait laissé descendre à Los Angeles.

J'ai soigneusement replacé la cloison.

Le frigo était grand comme une voiture. J'y ai trouvé des fruits dans le bac à légumes. J'ai entassé les bananes, les clémentines, les pommes et le fruit de la passion sur une assiette, j'ai chopé un couteau et deux cuillères avant d'apporter le tout à Trix.

Elle était devant la télé grand écran et regardait les infos locales – un reportage sur un aveugle qui venait d'être arrêté pour avoir violé son chien.

J'ai posé les fruits à côté d'elle. « Parfois, je comprends presque pourquoi ce vieux con a envie d'utiliser le livre sur l'Amérique », ai-je dit en souriant.

Trix a pris une clémentine et l'a épluchée sans quitter l'écran des yeux. « Je ne pige toujours pas comment il va faire. Il compte le lire à la télé ?

— Visiblement, ça ne marche pas. Il faut être en présence du bouquin pour être sous son emprise subsonique ou je sais pas quoi. Ils le feront passer de ville en ville, comme le Train de la Liberté dans les années 70. Des grands rassemblements de foule. On reconfigurera tous les mecs chelous d'un seul coup. »

Trix a porté un quartier de clémentine à sa bouche. « Et ça marchera ?

— Il a l'air de penser que oui. Enfin, sauf si tout ça, c'est une grande blague dont je suis le héros.

— Faut bien admettre que ce serait possible.

— Ouais. Non. Je ne pense pas. Pas cette fois. Il y croit vraiment. Et, tu sais, il est peut-être taré mais il n'est pas con. »

Trix a mâchonné en réfléchissant. « Je ne pense pas qu'il faille lui livrer le bouquin.

— Pourquoi ?

— Bon. Imagine que ce ne soit pas des conneries et que, d'une manière ou d'une autre, le livre agisse vraiment sur le cerveau humain. Est-ce que c'est une bonne chose que le gouvernement soit en mesure d'effacer la personnalité des gens au nom d'une "morale" vieille de deux cents ans ? »

J'ai coupé une pomme. « Parce que les gens devraient être libres de violer leur propre chien d'aveugle quand bon leur semble ?

— Si on oublie le fait qu'il y a beaucoup, beaucoup d'histoires d'amour zoophiles qui fonctionnent de nos jours en Amérique —

— Tu déconnes.

— J'ai vu un documentaire là-dessus, l'an dernier.

— C'est pas franchement l'idée qu'on se fait d'une société mainstream et normale, Trix.

— D'après qui ? Ça passe dans une émission de chaîne publique et ce ne serait pas mainstream ? Mais c'est mainstream. Ainsi va la vie.

— Tu essaies sérieusement de me dire que le niquage de chien peut être un choix de vie ?

— Pourquoi est-ce que je serais obligée de le défendre ? Pourquoi ne pas simplement accepter qu'une telle relation existe et s'assurer qu'aucun abus n'est commis ?

— Niquer un chien, c'est pas un abus ?

— Pourquoi ne pas le prouver une bonne fois pour toutes, avant de le condamner ? Les animaux adultes passent leur temps à niquer entre espèces. Quand j'étais môme, mon lapin et mon cochon d'Inde se sautaient dessus à chaque saison. C'est pas comme si on parlait d'êtres vivants prépubères.

— Trix, t'es en train de défendre les gens qui baisent avec des animaux, là.

— Ce que j'essaie de te dire, c'est qu'il y a bien plus de choses dans l'âme humaine qu'une définition puritaine de notre mode de vie idéal. Merde, quoi, au cours des deux dernières semaines, je t'ai fait des choses qui sont encore illégales dans certains États. L'évolution de notre mode de vie ne se limite pas aux produits disponibles pour le consommateur, Mike. Regarde comme le porno a changé.

— Je sais. J'ai vu une émission télé avec le mec qui a inventé la sodomie.

— J'en doute fort. Mais bon, tu sais que certaines femmes ne sont pas vaginales. Certaines femmes ne peuvent pas jouir sans qu'on les maltraite un peu. Le porno ne l'a pas inventé. Ça reflète le monde dans lequel on vit. Et un peu de mauvaise musique pour accompagner dix minutes de missionnaire, ça ne contente pas tout le monde. À chaque fois qu'on utiliserait ce livre au beau milieu d'une mégalopole, on condamnerait des milliers de personnes à un enfer certain. »

J'ai poignardé mon dernier quartier de pomme. « Alors tu me dis que si je retrouve le bouquin, j'attristerai toute une communauté de pervers transcontinentale qui seraient obligés de désapprendre tous leurs petits tours de malades ?

— Mike, tu parles de lobotomiser des gens, là. Réfléchis deux secondes : qu'est-ce qu'il me ferait, ce livre ?

— Tu ne voudrais plus jamais que j'éjacule dans la tête de Jésus.

— Il y a deux cents ans à peine, l'orgasme féminin était purement théorique. Putain, il y a un siècle de ça, l'homme n'éprouvait aucun remords à vendre des femmes. On ne recevait presque aucune éducation scolaire. Les aspirations professionnelles, fallait même pas y penser. Les années 50, c'était Babylone, comparées à 1776. Tout ce qui fait ce que je *suis*, Mike, serait détruit. Donne-moi ce couteau.

— Avec le regard que tu me jettes ? J'ai pas trop envie que tu aies un couteau entre les mains.

— Quoi, t'as peur que je te le colle dans le cul et que j'appelle ça un geste romantique ? Donne-moi ce putain de couteau. »

Je l'ai observée tandis qu'elle posait les pommes et les clémentines sur la table basse, qu'elle dépiautait la banane sur l'assiette avant de la couper en rondelles et de presser la pulpe du fruit de la passion sectionné en deux. Elle a mangé le mélange informe à la cuillère en regardant la télé.

Il n'y avait aucun cendrier dans la maison, alors j'ai utilisé la peau d'une clémentine et j'ai allumé ma clope. « Tu ne crois pas qu'ils ont juste envie de faire de l'Amérique un coin moins flippant ? »

Trix m'a dévisagé en croquant dans un pépin de fruit de la passion. « Il y a trois mille ans, les relations homosexuelles stables étaient monnaie courante dans de nombreuses sociétés à travers le monde. Tu ne crois pas que le gouvernement actuel considérerait ça comme un comportement flippant ?

— Il y a trois mille ans, les gens se peignaient le visage en bleu et chassaient leur bouffe avec des bâtons pointus. Me parle pas comme si j'étais idiot, Trix.

— Qu'est-ce que tu cherches à me dire, alors ?

— Que peut-être, et je dis bien peut-être, l'Amérique se porterait tout aussi bien sans tous les niqueurs de chiens.

— Donc tu mets sur le même plan les relations homosexuelles stables et le niquage de chiens.

— Non. C'est *toi* qui les mets sur le même plan. Alors, si tu abandonnais une seconde tes conneries d'étudiante et que tu me parlais comme à un adulte ?

— Oh, va te faire foutre, Mike. C'est peut-être un sujet bien trop important pour que deux personnes en débattent au petit déjeuner, d'accord ?

— Bon, devine quoi. C'est l'affaire de deux personnes. Parfois ça casse. Ça peut aussi se faire à une seule personne, si tu préfères.

— Et ça veut dire quoi, ça ?

— Que tu peux rentrer chez toi quand tu veux. » Quelle espèce de gros naze.

« Donc tu vas leur remettre le livre sans mauvaise conscience ?

— Oh, t'es Jiminy Cricket ? Ben non. Alors je vais me contenter de finir le boulot sans trop me laisser distraire, et après je rentrerai chez moi. Tu ne l'as peut-être pas remarqué, *mais je ne m'amuse pas du tout*, Trix. Ce boulot a commencé par des trucs bizarres, qui ont viré vraiment flippants. Je veux en finir au plus vite. Soit je ne trouve pas le livre, et j'imagine que c'est la fin de l'histoire, soit je mets la main dessus et je leur donne, je palpe la thune, je rentre chez moi et j'oublie toute cette putain d'affaire. »

Elle m'a dévisagé, les yeux plissés. « Tu veux oublier tout ça.

— Ouais, ai-je répondu comme un gros naze. Ouais, je veux oublier tout ça.

— Hin. Tu vois, je me demandais quand ça finirait par déconner. Je pensais pas que ça éclaterait alors que j'osais simplement émettre une opinion.

— Quoi ?

— Tu veux oublier tout ça ? Eh ben, commence par moi, Mike. Regarde-toi. Tu t'es même pas rendu compte que tu t'étais mis debout. Que tu tends le menton comme un sale gosse boudeur. Que t'as les poings serrés.

— Je voulais pas —

— Bien sûr que si, tu voulais. Et tu sais quoi ? Si tu crois vraiment que c'est une bonne idée de donner un objet capable de changer l'esprit humain à ce connard de la Maison Blanche – ou si tu te fous des autres au point de ne pas savoir si c'est une bonne ou une mauvaise idée – alors autant que je te regarde une dernière fois. Donne-moi l'ordi.

— Pour quoi faire ?

— Pour que je prenne des photos et que je les mette sur mon site. »

Pourquoi pas. J'ai sorti l'appareil de ma poche et l'ai laissé tomber sur le tapis à côté d'elle.

« Fais ce que tu veux, Trix. Si tu crois vraiment, sincèrement, que je parlais de nous deux, alors que cette conversation était strictement concentrée sur le boulot… alors je laisse tomber. Je vais chercher mes affaires et je pars à l'hôtel. Tu peux faire ce que tu veux. C'est une dispute complètement conne. Tu parles, tu parles et tu te fais tourner en rond toute seule. J'ai juste envie d'en finir avec ce *boulot* qui me fait flipper comme un dingue et retrouver un semblant de vie humaine. Avec toi. Si tu peux passer outre le fait que je tiens à toi, et pas à cette parade infinie de trouducs, de monstres et de sacs à merde, qui compose mon quotidien. Ou sans toi, si mon manque d'estime pour la communauté de niqueurs de chiens est une raison suffisante pour tirer un trait sur notre histoire. Je sors faire un tour. Tu fais ce que tu veux. »

45

Je marchais depuis une heure quand je me suis rendu compte que j'avais oublié la raison de ma colère. Et que j'étais paumé, sans idée de comment rentrer à la maison.

J'ai allumé une cigarette (je fumais trop, je le savais), j'ai ralenti et je me suis baladé au hasard des rues baignées de soleil. De temps à autre, je m'arrêtais à un carrefour à la recherche d'un taxi, et je me rappelais chaque fois que je n'étais pas à New York mais dans une région non civilisée.

Une voiture passait parfois, j'y voyais des faces pressées contre les vitres qui me dévisageaient comme si j'étais un alien. J'ai fini par m'apercevoir que je n'avais croisé aucun autre piéton depuis que j'arpentais le trottoir, et que je sortais du lot comme une cheerleader à la prison de Riker's.

J'ai continué à marcher. Au bout d'un moment, les maisons ont laissé place à de grands bâtiments industriels. J'ai fait une pause à un coin de rue pour allumer une autre clope, simplement parce que j'étais d'humeur à fumer. Il m'a fallu un moment pour comprendre que quelqu'un me hurlait dessus. J'allais gueuler en réponse qu'on avait encore le droit de fumer à l'extérieur, quand j'ai vu que le mec, debout à l'entrée du bâtiment industriel le plus proche, agitait une cigarette éteinte. Il avait la trentaine, une carrure épaisse, des lunettes et un t-shirt Star Wars qui semblait avoir été imprimé l'année de la sortie du film. Il grattait ses courts cheveux bruns comme un singe qu'on aurait maintenu en cage trop longtemps. Je me suis approché.

« Je vous en supplie, dites-moi que vous avez un briquet, a-t-il fait d'une voix étranglée. Le mien est mort et je le jure, y a plus personne qui fume dans ce bâtiment. »

J'ai allumé le briquet et j'ai abrité la flamme. Il a tiré sur sa clope comme un gosse déshydraté plongerait une paille dans un lac. La fumée n'est pas ressortie, comme si son corps l'avait absorbée tout entière. « Merci, mec. J'étais en train de crever. Les gens disent toujours que ces trucs finiront par me tuer.

— Pas de problème. »

Il a tendu une main aux doigts boudinés. « Zack. Zack Pickles.

— Mike McGill. » J'ai fait un geste du menton en direction du bâtiment. « C'est votre boîte ?

— Ouaip. Bienvenue à la Ferme. » Il a affiché un sourire gamin et moqueur qui me l'a rendu sympathique sur-le-champ.

« Quel genre de boîte ?

— Un truc Internet. Et toi ?

— Je suis détective privé. » J'ai ri tandis qu'il devenait plus pâle qu'une merde de fantôme. « Détends-toi. Je suis pas du coin, je suis déjà sur une affaire et j'ai jamais entendu parler de toi. J'habite chez l'ami d'une amie… euh, quelque part dans le coin, je me suis un peu beaucoup paumé dans ce putain de quartier. Je bosse sur une affaire d'objet perdu. Donc bon, voilà, c'est tout moi ça. Tu peux redémarrer ton cœur.

— C'était si évident que ça ?

— J'en ai bien peur, oui. Quel que soit ton business, je te donne ma parole que je m'en contrefous totalement. »

Il a expiré et a paru se ressaisir. « Putain. C'est pour ça que je sors jamais de la salle du serveur. T'es pas d'ici ?

— De Manhattan. » J'ai sorti mon portefeuille avec difficulté et je lui ai tendu une de mes rares cartes de visite restantes. Celles qui avaient survécu au passage en machine, six semaines plus tôt. « La piste m'a mené jusqu'ici mais je n'ai pas beaucoup d'espoir. Et puis bon, je crois bien que je viens de tout foutre en l'air avec une fille, et je me baladais et…

— Et te voilà. Les filles, c'est que des emmerdes. Elles sont pas comme nous.

— Surtout celle-là. Crois-moi. »

Il a souri. « T'as l'air d'avoir besoin d'un verre. Et c'est la première fois que je rencontre un vrai détective privé. Tu veux une bière ?

— C'est le premier truc sensé que j'entends de la journée.

— Viens. Je te fais faire un petit tour du proprio. »

On est entrés dans le hall du bâtiment où j'ai failli mourir, soufflé par la clim arctique de L.A. À la demande de Zack, une fille à l'air amer m'a donné un badge de visiteur avec mon nom écrit à la main, attaché à un cordon piqué dans un salon érotique en 2001.

« Alors, qu'est-ce que tu cultives dans ta Ferme, Zack ?

— De la thune. De l'information. Et du cul. »

On a poussé une grande porte à double battant au bout du hall et on est entrés dans un espace immense empli de box à trois partitions. Je me suis penché dans l'ouverture du premier. L'intérieur avait été aménagé pour ressembler à une chambre d'ado. Sur un lit simple, une jeune fille en uniforme d'écolière et oreillette-micro s'apprêtait à se faire un truc ignoble et sûrement douloureux avec un godemiché en plastique rose grand comme mon bras. Un ordi portable reposait sur le lit à côté d'elle. À la place de la quatrième cloison, une caméra était installée sur un trépied et d'épais câbles en pendaient, courant sur le sol derrière elle.

J'ai regardé Zack. « Mais putain ? »

Il a pointé l'index devant lui avec un sourire fier. Dans chaque box, on pouvait voir un aménagement similaire. Dans certains, des garçons remplaçaient les filles. Quelques gars étaient même habillés en filles. Un box abritait une sexagénaire. Le seul qui contenait plus d'une personne mettait en scène deux Japonaises qui faisaient un truc dégueulasse avec un seau plein de bébés anguilles. Tous pratiquaient un acte sexuel devant une caméra.

On a passé une autre porte à double battant pour émerger dans un couloir.

« Qu'est-ce que je viens de voir, Zack ?

— Une branche de mon business. Cool, hein ?

— Je sais pas. Je sais pas trop ce que je viens de voir.

— D'accord. Tu vas sur un de mes sites Web. Le site te connecte directement à l'ordi portable d'un box. La fille devant l'ordi fait une petite performance pour la caméra. La caméra se connecte au Net. La vidéo dans la caméra transite via le Net jusqu'à mon site Web. Tu vois la fille dans le box. Le tout avec un léger décalage de dix secondes. Le signal fait le tour du monde avant d'arriver dans ton ordi. Pour des raisons légales, je ne peux pas développer davantage. Tu paies avec ta carte de crédit pour voir la vidéo, je blanchis le truc en Russie et tout va bien.

— Mais… Pourquoi tant d'acteurs ? Putain, mec, et pourquoi avec des *anguilles* ? »

Zack a gloussé. « Parce qu'on a tous des délires différents, mec. Plus je propose de sites Web avec des contenus inédits uniques, plus j'ai de clients. Tout le monde ne tripe pas sur les polars soft de la chaîne Cinemax, tu sais. Et une fois que l'infrastructure est installée, ça coûte presque rien d'ajouter de nouveaux sites.

— Mais c'est un peu tendancieux, non ? Enfin, quoi, des filles avec des anguilles dans le… Vous avez beaucoup de demandes pour ce genre-là ?

— Imagine ça comme une télé multifacette : sur un réseau normal, chaque chaîne diffuse au moins une émission que tu as envie de voir, OK ? Eh ben, sur mon réseau, ton émission préférée passe à toute heure. Toutes les émissions préférées de tous les internautes passent à toutes les heures. Disponible au moment où ils veulent les regarder. Additionne tous les utilisateurs de mon réseau, et t'as un plus gros Audimat que celui de HBO. Ce n'est plus *tendancieux*, mon pote. Si tu définis le terme mainstream par rapport à ce que tous les gens veulent regarder, alors tu trouveras pas plus mainstream que mon affaire.

— Une télé multifacette.

— Tout à fait. Une télé multifacette. Je suis le *must* du bouquet satellite. C'est la route vers l'avenir. Tout ce que tu veux, sur un écran d'ordi, quand tu veux, grâce à un abonnement ou par micropaiements débités directement sur ta carte de crédit. Le coup des anguilles ? Pour quelques dollars, tu peux télécharger les meilleurs moments de la journée sur ton iPod et les mater aux toilettes. C'est *énorme* au Japon. Et ça permet de financer tout un tas de trucs intéressants.

— Woh, attends un peu. » J'avais besoin d'une minute pour tout enregistrer. « T'as, genre, une cinquantaine de personnes dans tous ces box, branchés directement sur le Net… et y a encore autre chose ?

— C'est même pas la moitié de notre Ferme. Y a encore une bonne centaine de personnes à l'étage.

— Ouais, j'ai bien compris que tu avais levé toute une armée porno. Mais je commence à croire que tu ne cherches pas à être plus riche que Dieu le Père. Parce que si tu ne m'as pas raconté de conneries, tu dois être plus riche que Lui. »

Zack a ouvert une porte près de nous et m'a fait signe d'entrer. « Oh, putain, ça oui. Je pourrais acheter Paris Hilton et revendre son corps à la science alors qu'elle est encore en vie, si je voulais. Et, crois-moi, j'y ai déjà pensé pas mal de fois. Entre là-dedans. »

La porte menait à une petite cellule grise équipée d'une autre porte bien plus lourde, sur le mur opposé. Elle était verrouillée par une serrure à code. Zack a affiché un air gêné lorsqu'il a caché le clavier avec son corps pour pianoter les chiffres qui ouvriraient le passage. Le mécanisme s'est déclenché avec un sifflement : la porte était scellée hermétiquement.

Elle s'est ouverte sur ce que je décrirais comme le Centre de Contrôle des Nerds. Des rangées de bureaux équipés d'écrans plats et de claviers, des tonnes de machines contre les murs, des câbles envahissant le sol comme un tas de serpents. Trois mecs et deux filles qui semblaient tous sortis du même moule que Zack avec leur uniforme, t-shirt pourri et jean baggy, étaient installés parmi les écrans et circulaient de l'un à l'autre, tapotant ou cliquant un ordre occasionnel.

« Ça, a lancé Zack avec fierté. Ça, c'est le must.

— Tu pourrais lancer une fusée dans l'espace, avec tout ça.

— Ha ! » Ça a plu à Zack. « Elon Musk rêverait d'une installation aussi mortelle.

— Qui ça ?

— Le mec qui a vendu Paypal à eBay pour un million cinq cent mille dollars. Il a utilisé l'argent pour monter sa propre boîte de lancement en orbite.

— Un ponte d'Internet qui possède ses propres fusées ?

— Ouais, bienvenue à la fin du xxe siècle, Mike.

— Très marrant. Alors si tu n'es pas en train de lancer une sonde vers Mars… »

Zack s'est assis à l'un des bureaux, a fait apparaître une fenêtre d'un mouvement leste de la souris et s'est mis à lire les listes de chiffres qu'elle lui crachait. « Tu sais pourquoi les gens veulent aller sur Mars ? Moi, je pige pas. Y a rien d'autre que des bactéries. Si on va là-bas pour étudier cette bactérie, celle qu'on apporte avec nous la tuera très certainement et on aura flingué la vie sur Mars. On peut rien apprendre de la géologie de la planète à cause de la gravité, qui n'est pas la même que sur terre, or la géologie implique un minimum de gravité et —

— Zack.

— Ouais. Je sais. Ça m'arrive de temps en temps. Non. On envoie pas de sonde sur Mars. Mais si je voulais le faire, ça serait forcément génial et elle en profiterait pour déposer une base spatiale sur la Lune au passage. Mais non. Ce que je fais ici, c'est changer la nature même de la démocratie. T'as déjà lu des bouquins de science-fiction ?

— Pas vraiment, non. »

Du coin de l'œil, il m'a jeté un regard mauvais. « Sans déconner ? Bon, tu vois, un mec très cool qui s'appelait Alfred Bester a écrit un roman dans les années 50 et je vais pas entrer dans les détails, mais il y a un passage vers la fin du bouquin où le personnage a mis la main sur un truc surnommé le PyrE, ce qui doit sûrement se prononcer païri, vu que le *e* est en majuscule. Ce truc, c'est un explosif thermo-nucléaire qui peut être déclenché par la pensée. Genre, tu le places quelque part et tu y *penses* simplement, et le truc explose. Au lieu de le garder pour lui tout seul, il le donne à tout le monde, partout sur la planète. C'est mortel. Parce que, non seulement il donne la possibilité aux gens de contrer le pouvoir en place et de déclencher une guerre du style armes de destruction massive et annihilation mutuelle assurée, mais ça veut dire aussi que le pouvoir d'anéantir le monde est désormais entre les mains du peuple, et pas du gouvernement. T'as un téléphone portable ?

— Ouais.

— Avec caméra ?

— Ouais.

— Sors-le. »

J'ai sorti mon téléphone de ma poche et le lui ai tendu. Zack l'a montré du doigt. « PyrE.

— Non non non. Téléphone. Ttté lllé fffonnne. »

Il a rigolé et me l'a arraché des mains. « Joue pas au con avec moi. T'as, genre, un siècle de retard. T'es un Néandertal de la technologie. Tu fais du feu avec des bouts de bois. Et tu niques des chimpanzés dans la savane. Ou des dinosaures. »

Ma gorge s'est serrée en un haut-le-cœur.

Zack a sorti son portable, un truc minuscule et monstrueux. Puis, un téléphone dans chaque main, il s'est mis à pianoter sur les deux claviers en simultané. « Tu vois, ces trucs-là donnent aux gens le pouvoir de lutter. Et qu'est-ce qui caractérise le pouvoir, aujourd'hui ?

— Les armes de destruction massive ? Les attaques terroristes ? La tactique militaire Choc et Effroi ?

— Tu penses à retardement, mon frère. Qu'est-ce que Ben Laden fait sur cette planète, qui touche la population tout entière ?

— Il a buté trois mille personnes dans ma putain de ville ?

— Mec. Il se filme. Il a fait plus de vidéos que d'attentats terroristes. Il contrôle son message, il contrôle les médias qui se roulent sur le dos pour pouvoir donner la parole à ce putain de Satan, et il contrôle les gouvernements occidentaux qui perdent leur temps à vouloir y décoder un message caché ou découvrir un indice quelconque. Alors qu'en réalité il ne fait qu'une chose : chercher à ce que les gens écoutent son message. Un vieux sac à merde planqué dans une grotte avec une caméra, mec. C'est *ça*, le pouvoir. Filmer ton truc et le diffuser. »

C'est reparti pour l'hallucination totale. J'ai tiré une chaise. « Je peux fumer, Zack ?

— Bien sûr. Tiens, prends une des miennes. Robbie ? Robbie ! Tu peux nous choper un cendrier dans l'autre pièce ? »

Un des clones de Zack aux aisselles moites s'est exprimé d'un ton mièvre qui devait souvent lui valoir des baffes à l'école. « On a pas de cendriers dans l'autre pièce.

— Putain, Robbie, j'ai un invité. J'ai besoin d'un cendrier.

— Y a des cartons de pizza.

— Et il reste de la pizza dans ces cartons ?

— Je crois que Natalie a pas fini la dernière part de trois fromages.

— Bon, ben ça nous fera un cendrier. Va le chercher. Je suis désolé, Mike. Ces mecs-là sont des putains de génies, mais niveau sociabilité ? Laisse tomber. Qu'est-ce que je disais ?

— Zack, j'en sais foutre rien. Un truc sur Ben Laden et les caméras.

— Oui. Mec, tout est là. » Il m'a tendu une cigarette et je lui ai lancé mon briquet. « Le mec qui possède une caméra, qui est à proximité d'une masse extraordinaire d'infos et qui a accès aux médias. Ce mec-là, il gagne à tous les coups. »

Il m'a rendu le briquet et j'ai réfléchi un instant en allumant ma cigarette. « Alors ça se résume à des téléphones avec caméra.

— Exactement. Des gens à proximité d'une masse extraordinaire d'infos – en gros, toute personne en présence d'un événement soudain, tu vois. Avant, on faisait ça avec des caméscopes, des gens filmaient des flics en train de tabasser des gars pour leur amusement personnel. Mais le truc, avec les caméscopes, c'est qu'on te repère rapidement pendant que tu filmes. » Il a brandi son téléphone. « Qu'est-ce que je suis en train de faire, là ? Je lis un texto ? J'essaie de composer un numéro ? Je te prends en photo ? Je te filme ? » Il a baissé l'appareil. « Si je le tiens comme ça, je ne filme rien mais je pourrais enregistrer une bande-son. Et ces téléphones, il y en a partout, Mike. Il y en a même en *Irak*.

— Les soldats en Irak ont des portables ? » Robbie a posé la demi-boîte de pizza sur le bureau près de Zack, qui a fait tomber sa cendre dans la part de pizza moisie et vieille d'au moins une semaine.

« Ouais. » Zack a ricané. Il aimait bien ce passage. « D'ailleurs, y a eu un petit scandale. Les troupes américaines finissaient par avoir des factures hallucinantes à force d'appeler chez eux. On a lancé des actions caritatives pour donner des téléphones prépayés aux soldats. Alors, j'ai créé téléphonespournosgars.org. Je finance une grande partie de leurs téléphones. Chaque soldat qui allume un portable en Irak ? Il reçoit un texto de ma part. Un texto et un configurateur : c'est un programme qu'on envoie sur l'appareil et qui s'installe tout seul. Faut admettre que c'est génial de penser que l'industrie du porno offre des téléphones aux soldats, pas vrai ? Mais c'est pas ça qui fait de moi un putain d'Einstein. Le configurateur, c'est ça qui fait de moi un putain d'Einstein. Parce qu'il relie tous les téléphones à mon système. »

J'ai fumé et j'ai attendu pendant qu'il souriait de toutes ses dents. Je n'avais pas besoin de lui tirer les vers du nez. Il était sur sa lancée et j'avais la forte impression qu'il ne devait pas voir grand monde, encore moins des gens prêts à l'écouter parler.

« D'accord, d'accord, je vais te raconter la suite. » Il a ri. « Si tu prends une photo ou si tu filmes un truc avec un de ces téléphones, ça te donne le choix de l'envoyer à quelqu'un. Sur ceux que j'ai configurés, ça te donne une autre option : tu peux me l'envoyer. Tu me l'envoies et ça va dans un des serveurs, ces gros ordinateurs que j'ai installés dans d'autres pays. Parce qu'il vaut mieux ne pas avoir ce genre de conneries sur un ordi aux États-Unis, tu vois. Le fichier me parvient et mon programme remet le téléphone à jour. Il efface le contenu, la mémoire qui prouve que tu as envoyé un truc, tout. T'as vu les infos, ce matin ?

— Cinq minutes à l'aéroport de Las Vegas. Un truc sur un autre ratage militaire en Irak.

— Très mauvaise qualité d'image, pas vrai ?

— C'est ça. Oui. Non. Attends un peu. Tu veux dire que…

— Ouais.

— C'était toi ? C'est toi qui as fait circuler les images ?

— Ouais. Un bidasse n'aimait pas la tournure que prenaient les choses, ce jour-là : il a filmé trente secondes sur son téléphone et il m'a envoyé le fichier. Enfin, il ne savait pas que c'était moi, bien sûr. Anonymat garanti. Des vitrines, des sociétés écrans, comme une opération de la CIA, mec. Hin. »

Zack a écrasé sa clope dans la pizza, générant une odeur de plastique brûlant au-dessus d'une cuvette de chiottes sale. « Tu veux une bière ? Robbie, apporte-nous deux bières. Des bières pour tout le monde. Le frigo est plein, hein ? Je stocke les images partout dans le monde. Quand des flics russes viennent inspecter ma vitrine à Moscou, les images de la mafia en train de payer des membres de la Douma – des images prises par des passants ordinaires en pleine rue – ne sont pas sur les serveurs à Moscou, tu me suis ? Elles sont à Tuvalu, en Afrique du Sud ou je sais pas où. Et ça », continue Zack avec un large geste du bras en direction de son Centre de Contrôle, « ça me dit où sont les infos, partout dans le monde. Des portables et des ordis connectés à Internet, mec. Y a pas plus simple. Un système de soutien pour un journalisme citoyen. Des infos sans filtre. Et quand on chope un bon truc, on le répand dans le monde entier. PyrE, tu vois ? J'ai offert aux humains de cette planète la capacité de lutter contre le pouvoir en place. »

La bière est arrivée. J'ai levé ma bouteille et trinqué à Zack Pickles, savant fou et premier mec correct que je rencontrais depuis ce qui me semblait être une éternité.

46

L'horloge a tictaqué pendant quelques heures et je me suis dit qu'il était temps de m'en tenir là. Ou du moins d'aller déjeuner. Mon humeur s'était améliorée. Je ne savais pas du tout comment rentrer à la maison mais avec le peu d'informations dont je disposais, Zack a fait son tour de magie Internet et une imprimante a craché un plan avec un X marquant l'emplacement exact. Il m'a rendu mon portable – « mon adresse mail, mon numéro, quelques autres machins, appelle-moi, c'était sympa » – et Robbie m'a raccompagné à la maison.

Une grosse voiture noire et brillante était garée dans l'allée. La porte n'était pas verrouillée. Je l'ai poussée et j'ai entendu le son caractéristique d'un orgasme de Trix.

Et quelques secondes plus tard, celui d'un total inconnu, un homme sans aucun doute, qui jouissait à son tour.

47

J'ai décidé de rester dehors un moment, de fumer une clope et de me concentrer de toutes mes forces pour ne pas tuer quelqu'un. Je crois que j'ai fini la première en deux minutes, passées à observer une limousine noire se faufiler dans la rue devant moi. Elle s'est arrêtée devant la maison, j'ai plongé les mains dans mes poches et j'ai attendu. La courbe noire élégante de la portière s'est ouverte comme une moule cuite et le chef de cabinet en est sorti, les yeux plissés dans le soleil.

« La Californie n'est pas faite pour les humains, a-t-il déclaré en observant le ciel clair. Ce putain d'État tout entier devrait être tronçonné et détaché du continent. On devrait le laisser dériver dans l'océan Pacifique. Ça finira par arriver, je vous le garantis. Sauf pour Disneyland. J'aime bien Disneyland. On gardera Disneyland. On l'agrafera à l'Arizona ou je sais pas où. Je me suis toujours dit que Disneyland devrait être un État à lui tout seul. Disneyland, le cinquante et unième État des États-Unis. Ça sonne plutôt bien. La Californie ? Je la positionnerais en direction du Japon et j'y collerais un bon coup de pied, voilà ce que j'en dis. »

J'avais envie de taquiner ce vieux con. « Quoi, l'État qui a offert Ronald Reagan au monde de la politique ?

— Ronnie Reagan n'a rien fait de bien. Pour personne, a-t-il fait d'un ton sec qui m'a surpris. Tout le monde savait qu'il avait Alzheimer pendant sa présidence. Il ne servait que de faire-valoir. "Avez-vous déjà rencontré Ollie North, Monsieur le Président ?" "Je n'en ai aucun souvenir, vu que mon cerveau se transforme en un gros tas de choucroute, Monsieur le Juge." Il n'était bon qu'à ça. Tout le monde le sait. Les épisodes de la série *À la Maison Blanche*, où le président souffre d'amnésie due à une sclérose en plaques ? À qui pensez-vous qu'ils faisaient allusion ?

— Donc vous regardez bien cette série », ai-je ri.

Il a sorti une paire de lunettes de soleil de sa veste et s'est débattu pour les mettre sur son nez. « Ça fait des années que la CIA surveille Aaron Sorkin. Il fait passer des choses sous le couvert de la fiction pour tâter le terrain. Chaque fois qu'il produit un truc trop mignon, on planque du crack dans ses bagages à l'aéroport. Ou on l'oblige à écrire les scénarios de *Studio 60*.

— Vous ne racontez vraiment que des conneries. »

Il m'a adressé son sourire flippant de squelette. « Vous voulez savoir combien on a payé Jim Nabors pour tirer sur Reagan avec un fusil de sniper ? Que dalle. Tout a été fait pour l'amour de Rock Hudson, l'acteur.

— Ça vous arrive de faire autre chose que mentir ? Non, mais sérieusement ?

— Je suis un homme politique, mon garçon. J'ai arrêté de dire la vérité à sept ans.

— Qu'est-ce que vous avez fait à sept ans ?

— J'ai tronçonné un cerisier. Elle vous a trahi, pas vrai ?

— Quoi ?

— La fille. Elle est ici avec un avocat qui la baise comme s'il forait un puits de pétrole sur la côte californienne. Je parie qu'il s'est déjà soulagé mais qu'il continue à creuser pour prouver qu'il est un spécimen californien musclé et bronzé.

— Mais en quoi ça vous regarde, bordel ?

— Je vous avais prévenu. Je vous avais parlé d'elle. Je vous avais dit qu'elle vous trahirait. Vous ne pouvez pas faire confiance aux femmes.

— Je ne peux pas vous faire confiance à vous.

— Non. Non, c'est vrai. Vous êtes très fort, Michael. Mais vous pouvez faire confiance à l'argent. L'argent ne ment pas. C'est un argument. C'est un outil. Un mauvais ouvrier ne peut pas accuser son outil. Qu'avez-vous fait de l'outil que je vous ai confié, Mike ? »

Je n'ai pas répondu. Il a fait claquer ses dents.

« Vous lui avez sauvé la vie. C'était un beau boulot. Je parie qu'elle vous a dit qu'elle vous aimait, après ce coup-là. Je parie qu'elle l'a dit. Je parie qu'elle vous a dit tout un tas de beaux trucs. Mais elle mentait, pas vrai ?

— Je ne crois pas, non. C'est juste qu'on ne voit pas les choses de la même façon. Cette, vous savez, cette phrase. Elle a un sens un peu différent pour elle, c'est tout.

— On est en Amérique, Michael. Dire à quelqu'un qu'on l'aime, ça ne peut vouloir dire qu'une seule chose, non ? Que vous n'allez pas faire la bête à deux dos avec le premier corps chaud qui passe à votre portée. C'est le sens américain de cette phrase. Ou alors, ce que vous voulez, c'est une Amérique où l'amour ne veut rien dire ?

— Ce sont des choix que vous me proposez, là ?

— Bien sûr que oui, bordel. Vous en voulez combien, des choix ? On mène des guerres sur de nombreux fronts, Michael, sur de nombreux fronts. Et celle-là, elle se déroule sur un front domestique. La guerre du sens. La guerre des cultures. Ici, maintenant, Michael, vous êtes en première ligne. Je suis peut-être un politicien professionnel, et la consommation prolongée d'opiacées m'a peut-être infligé des lésions irréversibles au cerveau, mais mon argent ne ment pas. C'est peut-être une gentille fille, elle est peut-être sympa avec vous, mais elle est actuellement à l'étage avec un avocat qui lui sert un tout autre genre de plaidoirie. Si vous vous rangez à mes côtés, l'amour américain vaincra.

— Avec le livre ? Avec ce truc, ce bouton pour tout effacer ? »

Derrière ses lunettes de soleil, ses yeux ressemblaient à deux orbites vides. « Un retour aux racines. La mission serait plus simple si les effets du livre pouvaient être perçus à travers la télé et le Net, mais nous sommes ramenés à une forme de politique ancienne, comme celle de Washington et Lincoln. Des assemblées devant les mairies. Dans les stades. On peut organiser un million de manifestations différentes pour présenter le livre devant des foules entières, de toutes cultures et sous-cultures. C'est dans ce but qu'on a fabriqué des pop-stars à Los Angeles. On prend une petite conne cupide au visage symétrique, on époussette les miettes de Pringles, on l'éduque dans le moule Disney, on lui colle une paire de seins et on s'arrange pour que ses clips soient produits par un scénariste de porno : tous les gamins de moins de seize ans sont à vous. Et les gays, aussi. Je n'ai jamais compris pourquoi. On pourrait rééduquer des milliers d'entre eux en une seule fois, on pourrait leur présenter le livre pendant un concert dans un stade. Réintégrer des valeurs décentes dans leur cerveau. Effacer leurs déviances et faire d'eux de bons Américains qui connaissent la vraie valeur de l'amour. »

Je l'ai dévisagé. Je ne savais pas ce que je voyais. « Vous pensez que tout vient de la nature de l'amour à notre époque ? C'est ça que vous essayez de me vendre ?

— Je sais pas. Vous me croyez ?

— Vous êtes un vieux connard maléfique.

— Je suis le chef de cabinet. Vous savez comment H.R. Haldeman décrivait son boulot, quand il était chef de cabinet sous Nixon ? "Je suis le fils de pute du président."

— Putain, je crois bien que vous venez d'être franc. Je vais m'évanouir.

— Les temps sont durs. Je ne vais pas faire l'enfant quand il faut prendre des décisions douloureuses. Nous menons une guerre en dehors de nos frontières, un truc qui doit bien être la sixième guerre mondiale, depuis le temps. Et à l'intérieur de nos frontières, ce doit bien être la troisième guerre de Sécession. Vous allez nous aider à mettre un terme à ce dernier conflit. Vous allez sauver des vies, je pense. Vous allez très certainement sauver un pays et un mode de vie. Un peu de cran, Michael. Vous êtes proche du but. Je le sens dans mes os. Tout sera bientôt terminé. Et juste à temps, pas vrai ? Vous n'avez plus d'agent, vous êtes paumés dans un État qui devrait être tronçonné du pays comme une tumeur, et votre amie fornique à l'étage avec un *avocat.* Si c'était ma copine, eh bien, je préférerais qu'elle nique avec un chien, pas vous ? Ou avec un âne. J'ai déjà vu ce genre de spectacle à Tijuana. C'était terrifiant. Mais étrangement hypnotique.

— Ça ne vous gêne jamais de faire frissonner les gens d'horreur dès que vous parlez à voix haute ?

— Je gère un pays, mon garçon. C'est normal et sain que les gens ordinaires éprouvent une peur religieuse en ma présence. Vous ne rencontrerez personne plus proche de Dieu. Et vous, Michael : vous êtes mon Jésus à moi. Vous êtes ma progéniture intellectuelle, le sauveur de tout ce que j'ai créé. Je suis fier de vous, mon garçon. Le voyage a été affreux pour vous, depuis votre Manhattan galiléenne jusqu'ici, au Calvaire californien. Mais c'est presque terminé. Je le sens au plus profond de mes os.

— Je crois que je vais vomir.

— Pas à côté de moi, a-t-il craché en reculant d'un pas. Mes chaussures sont toutes neuves. Il faut que j'y aille. Rentrez, Michael. Allez voir votre reine monstrueuse et son singe à bite. Faites-leur-en voir de toutes lcs couleurs, mon garçon. Il est temps de finir le boulot. »

48

Je me suis assis dans le salon du mec, grand comme un terrain de foot. J'ai allumé la télé, j'ai monté le son à fond et j'ai attendu. J'ai tué cinq minutes à jouer avec mon ordi portable et mon téléphone. J'ai copié l'adresse mail de Zack dans l'ordi et j'ai farfouillé dans les dossiers et les réglages.

« Salut. Je m'appelle Brom », a fait une voix dans mon dos.

Bien plus grand que moi, il avait des traits doux, de larges sourcils et la chevelure épaisse d'un mannequin des années 1980. Son t-shirt blanc et son jogging étaient si nickels qu'il aurait pu les avoir achetés une heure plus tôt. Je me suis levé et lui ai serré la main comme un homme.

« Trix va descendre dans une seconde, a-t-il déclaré en plongeant ses yeux dans les miens pour y capter une réaction.

— Peu importe. Je n'oblige pas mes employés à pointer. Vous avez le temps de discuter un peu ? »

Il m'a fait signe de m'asseoir sur le canapé et il a tiré un grand fauteuil à large dossier pour lui. J'ai contenu un sourire. Tandis qu'il s'installait, je lui ai demandé si Trix lui avait dit quoi que ce soit concernant notre affaire.

Il s'est agité. « On n'a pas eu trop le temps de discuter correctement, vous savez… les retrouvailles et tout ça. »

J'ai laissé la phrase pendouiller dans l'air un peu trop longtemps, histoire de l'observer s'agiter encore. « Bien, OK. J'ai été engagé par un individu de Washington D.C. pour retrouver un objet volé. La piste m'a mené ici, jusqu'à un cabinet d'avocats de Los Angeles. Je me demandais si vous pourriez me parler un peu de ce cabinet. »

Il préférait ça : j'avais besoin de lui. On pouvait voir clairement, à son changement de position, qu'il appréciait qu'on ait besoin de lui. J'allais très vite le détester.

« Allez-y, a fait Brom. Je vous dirais tout ce que je peux.

— Tout ça pour un ami de Trix ?

— Oui, a-t-il toussoté.

— Islip, Sinclair et Collis. Ça vous dit quelque chose ? »

Il s'est raidi. « Impossible que Frank Islip soit mêlé à des affaires de vol.

— Je ne dis pas que c'est lui en particulier, ni aucun de ses associés. Mais quelqu'un a utilisé l'identité du cabinet dans le vol de cet objet.

— Islip et Sinclair sont des acteurs très influents sur la scène juridique de L.A. Personne —

— Je parie que personne n'a jamais entendu parler d'eux à Las Vegas. »

Brom a souri et s'est détendu.

« — Ah. Oui, je comprends maintenant.

— Vous pourriez me les présenter ? Je me rends compte que c'est beaucoup demander.

— Oui, eh bien, ça l'est, effectivement.

— Mais bon, vous venez juste de baiser avec mon assistante. Et je la laisserai ici quand j'aurai terminé mon entrevue avec ce cabinet, pour que vous puissiez profiter des retrouvailles à votre guise.

— Mike ? »

Trix était descendue.

« Salut Trix. Je règle quelques détails. Alors, vous pourriez m'obtenir un rendez-vous ? Le plus tôt sera le mieux, bien sûr. »

Brom n'a pas répondu. Le silence est devenu venimeux. Trix s'est assise à mes côtés. Je me suis décalé et j'ai dévisagé Brom.

Il a fini par dire d'une voix lente : « Je vais à une soirée privée ce soir, à leur cabinet. Je parlerai à quelqu'un et je vous les ferai rencontrer dès demain. Vous pouvez passer la nuit ici, évidemment.

— Merci, Brom. Je vous en suis reconnaissant. »

Il s'est levé d'un mouvement brusque. « Mon invitation est pour deux, Trix. Ça me ferait plaisir que tu m'accompagnes. C'est sans dress code. Si vous voulez bien m'excuser, j'ai apporté un peu de boulot à terminer. Faites comme chez vous, je reviens dans quelques heures. »

Il est sorti du salon à grands pas.

« C'était vraiment naze de ta part, Mike, a sifflé Trix.

— Et alors ?

— Comment ça, et alors ? Qu'est-ce qui tourne pas rond chez toi ? Non, oublie. Je sais très bien ce qui tourne pas rond chez toi.

— Sans déconner, Sherlock. »

Elle a essayé de sourire. « Je pensais que c'était toi, Sherlock, et que moi j'étais Watson. »

Je n'y tenais plus. « T'as baisé avec lui ?

— Putain, Mike, on en a déjà parlé. C'est un vieil ami. Et un vieil amant, d'accord ? C'est un homme très gentil, il est doué au lit et ça faisait des années qu'on ne s'était pas vus. Et ça m'a fait du bien, *surtout* après m'être disputée avec toi, et on a fait de mal à personne, sauf peut-être à un imbécile qui refuse d'écouter ce que j'ai à dire. Et je ne crois même pas t'avoir fait du mal, pas vraiment. Je t'ai *vexé.* Tu crois que, parce qu'on a couché ensemble, tu es maître de ma sexualité ? Pas du tout. »

Je n'avais rien à répondre à ça, ce qui n'a pas semblé calmer Trix.

« Tu sais ce que c'est, le pire dans tout ça ? Je t'ai dit que je t'aimais —

— T'as jamais dit une connerie pareille.

— Je t'ai dit que je *pourrais* t'aimer, t'es devenu blanc comme un linge et raide comme une planche à pain. Et pas dans le bon sens du terme. Tu te comportes comme si tu possédais un bout de mon corps alors que tu ne m'aimes pas. T'adores jouer les chevaliers en armure et ça te plaît – excuse-moi du ton arrogant mais merde, je suis comme ça – quand une chaudasse prend du plaisir avec toi. Et pourtant, tu ne laisses jamais rien t'imprégner, tu n'abandonnes jamais cette platitude et cette superficialité que tu cultives pour supporter ton quotidien, jour après jour.

— Superficialité. On en revient donc à ce putain de livre, hein ? »

Elle a ri sans joie. « Je pense que tu es déterminé à retrouver ce truc et à le rendre à son propriétaire. Pour qu'on reprogramme les gens comme moi. Je serai très belle en tablier, pieds nus derrière mes fourneaux, tu crois pas ?

— Tu peux rester cachée ici avec Brom. Je te dénoncerai pas.

— Tu sais quoi ? C'est peut-être bien ce que je vais faire. Au moins, lui, il est conscient du monde extérieur, il essaie de l'améliorer. Toi, Mike, je ne sais plus ce que tu fais. Je ne m'amuse plus.

— Devine quoi. Tout n'est pas toujours amusant. Et pourtant, il faut faire avec. » Mon téléphone a sonné. « Excuse-moi. »

Je suis sorti du salon, j'ai ouvert la porte et je me suis installé sur la terrasse.

« C'est Zack. Un truc trop flippant vient juste d'arriver, mec.

— Quoi ?

— Deux Men in Black sortent tout juste de chez nous avec un vieux gars. Ils m'ont posé des questions sur toi.

— Oh, putain.

— C'est quoi, cette histoire ? C'était pas un raid. Le vieux a même demandé si on faisait des films porno à tendance médicale et je lui ai donné un DVD.

— Ça, Zack, c'était mon client.

— Putain, Mike. J'ai rencontré tout un tas de gens bizarres, dans cette ville. Des hommes politiques, des avocats, mais j'avais jamais vu ça.

— Ouais, désolé. Je sais pas du tout comment ça a pu arriver. Si ça peut te consoler, ils n'ont rien contre toi. T'es clean.

— Si tu le dis, mec. Mais *putain*, c'était bizarre.

— Écoute… T’as déjà eu affaire à des avocats ?

— Oh, ils sont pires que tout. Je suis obligé de les chasser d’ici à coups de balai. Des trucs de malades, c’est moi qui te le dis.

— Tu connais une boîte qui s’appelle Islip, Sinclair et Collis ?

— Dans quoi tu t’es fourré, Mike ?

— Zack, s’il te plaît.

— Je fais pas affaire avec eux. La vie est courte. Et leurs soirées, putain. »

J’ai sorti une cigarette. « Parle-moi de leurs soirées, Zack.

— Je vais d’abord envoyer un configurateur sur ton téléphone. Tu utilises d’autres appareils reliés au Net ? »

49

Je suis rentré dans le salon et me suis précipité dans la cuisine. J'ai ouvert le fameux tiroir, j'en ai arraché le faux fond et j'ai sorti le Ruger. Je l'ai chargé, lentement. Je suis retourné dans le salon, le flingue lourd dans ma main droite. J'ai attrapé Trix de la main gauche et l'ai tirée du canapé.

« Où est-ce qu'il bosse, Brom ?

— Quoi ?

— *Maintenant*, Trix. »

Je l'ai traînée dans le couloir où on a entendu le cliquetis d'un clavier. Une salle de travail luxueuse était installée au fond de la maison. Brom pianotait au grand ordinateur noir installé sur un immense bureau sombre. Il a parlé sans se retourner. « Vous avez besoin de quelque chose ? »

Je l'ai frappé à l'arrière du crâne avec la crosse du Ruger. Il a dégringolé du fauteuil comme un sac de marteaux.

De sa main libre, Trix m'a collé un coup de poing dans l'épaule. « Mais putain ? Mike ! »

Je l'ai dévisagée. Elle était effrayée, sous l'emprise d'une peur qui ne me plaisait pas. Mais je n'avais pas le temps de faire autre chose.

« Levez-vous », ai-je ordonné à Brom. Du sang gouttait sur le dos de son t-shirt.

« Seigneur, a-t-il grogné. Je suis désolé d'avoir couché avec elle, d'accord ? Je suis désolé. Putain de taré.

— Trix, dis-moi que tu t'es protégée.

— Bien sûr. Mike, on peut en discuter. Ne fais pas… ne fais pas ce qui te trotte dans la tête en ce moment. On peut tout arranger.

— Brom, tu vas parler à Trix de cette soirée au cabinet d'Islip. »

Il s'est retourné sur le sol pour me faire face. « Va te faire foutre. »

J'ai écrasé mon pied sur ses couilles. Tandis qu'il se pliait en deux, j'ai renvoyé sa tête au sol d'un coup de savate avant de reposer mon pied juste à côté de son crâne. Je me suis mis sur un genou, j'ai pressé le Ruger contre sa tempe puis j'ai armé le chien.

« Ça ne me plaît pas vraiment de ressembler à tous les connards que j'ai croisés depuis le début de cette affaire, Brom. Mais vous m'y avez obligé. Vous tous. Vous, les monstres. Alors maintenant, je suis comme vous. Soit tu lui racontes en quoi consistent vos petites soirées, soit je te colle une balle dans le cerveau, je demande au chef de cabinet de la Maison Blanche de couvrir ton meurtre et de faire en sorte que toi et ta maison n'aient jamais existé, et c'est moi qui raconte tout à Trix. À toi de me dire ce qui se passe ensuite, Brom. Dis-moi si je te bute ou pas.

— C'est des soirées cul.

— Quel genre de soirées cul, Brom ?

— Des soirées cul avec… avec des ados. »

J'ai vrillé le canon du flingue contre sa tempe jusqu'à l'écorcher. « Arrête de me prendre pour un con.

— Avec des enfants. Ça te va ? Avec des vierges. Des gamins qui n'ont pas le sida.

— Ouais, ai-je ajouté, presque pour moi-même. Falconer. Ce putain de Falconer avait raison. Qui l'aurait cru ? »

J'ai senti Trix se refroidir subitement dans ma main. « Brom. De quoi tu parles ?

— Les hauts rangs au pouvoir dans cette ville… Essaie de coucher sans avoir à faire un test sida. Impossible. Les soirées cul, tu peux oublier. Quand tu en as fait le tour, un herpès, c'est le mieux que tu puisses espérer. Si t'es branché échangisme, sexe sans protection, SM… Bon, je suis obligé d'y participer, OK ? Si je veux que le pouvoir en place dans cette ville change quoi que ce soit, je suis obligé de faire partie du système.

— Ils appellent ça des soirées roulette, Trix. Ils font venir deux ou trois gamins mignons, ils les droguent jusqu'au trognon et tous les membres de la soirée leur passent dessus. Et puis ils lancent des paris : lequel des gamins aura chopé le sida. C'est pour ça que je voulais m'assurer que tu t'étais protégée. Parce que je doute que ce soit la première invitation que Brom ait acceptée.

— Je ne suis allé qu'à trois soirées ! Trois ! a crié Brom.

— Brom. Il se trouve que ma vie est un immense bordel de coïncidences merdiques. Alors réponds-moi : il y aura quelque chose d'inédit, à cette soirée ? Je n'ai pas aimé ta réaction quand tu m'as dit que Frank Islip ne trempait pas dans des affaires de vol. Parce que je ne t'avais donné aucun nom. Je ne t'avais communiqué que le nom du cabinet. Et quand j'ai entrouvert une porte de sortie, tu t'y es rué tellement vite que je voyais plus ton cul avec toute la poussière que t'as soulevée.

— Ils ont acheté un truc. Une antiquité. Un objet qui donnera à leur communauté un pouvoir politique à Washington. Je ne sais pas ce que c'est. Ils vont le montrer ce soir.

— Nous, on sait ce que c'est, pas vrai Trix ? »

Je lui ai lâché la main. Elle n'a pas reculé.

« Ouais. On sait. Ton invitation pour deux, Brom. »

Brom n'a rien répondu.

Trix a tendu la main vers le flingue. Nos regards se sont croisés. Je lui ai glissé le Ruger entre les doigts.

Elle a fait glisser le canon sur le devant du visage de Brom et l'a enfoncé doucement dans son œil.

Elle a grogné à nouveau : « L'invitation pour deux.

— … oui.

— J'adorerais aller à cette soirée avec toi, Brom. Il va falloir qu'on trouve une solution pour faire entrer Mike, aussi. »

50

J'ai tiré les rideaux du salon, collé un coup de pied dans le téléphone et je l'ai débranché, au cas où. Trix a dégoté une paire de menottes en fourrure dans la chambre de Brom, j'ai décidé au passage de ne rien imaginer. On a rapporté une chaise de la salle à manger dans le salon et on a installé Brom dessus avant de l'y menotter.

Je me suis assis dans le grand fauteuil et j'ai observé le Ruger Super Blackhawk dans ma main. « Ce truc va nous poser un problème.

— Tu vas l'emporter avec toi ? » a demandé Trix. Elle n'aimait pas le regarder. Elle me l'avait rendu comme si c'était un rat mort, une fois qu'on était sortis du bureau de Brom, et elle s'était lavé les mains, l'air un peu malade.

« Ça fait beaucoup trop de bruit. Quand ça pète, c'est comme si Dieu collait un coup de poing dans la planète. T'as jamais vu *L'Inspecteur Harry* ? Les flingues des méchants font bang-bang et le sien fait *blam.* Si je tire avec ça dans un complexe de bureaux, tout le monde va voir vibrer les fenêtres.

— Tu penses être obligé de l'utiliser, c'est ça que t'essaies de me dire, Mike ?

— Ouais. Ouais, tout à fait. Je vais pas pouvoir feinter pour entrer dans le bâtiment. Ils connaissent Brom, il dit qu'il y est déjà allé. À quoi ressemble le parking là-bas, Brom ? »

Brom avait abandonné la lutte, il restait prostré et flapi comme un pudding. « C'est un parking souterrain. Il y a un vigile à l'ascenseur et un autre au trente-troisième étage. C'est là que se tient la soirée.

— Très bien. Je m'attendais à pire. Je me demande juste où ils cacheront le bouquin.

— Dans le bureau de Frank Islip. Dans son coffre-fort. Je l'ai déjà vu. Il y garde ses objets intéressants. Il aime parader et exhiber toutes sortes de trésors.

— Pourquoi est-ce que tu te montres aussi coopératif, tout à coup ?

— Parce que je suis pas dans le camp des méchants, moi. » Il a regardé Trix. « Je suis pas dans le camp des méchants. Je fais ce qu'il faut pour être en mesure d'aider les autres.

— N'importe quoi. »

Brom a frissonné. « Vous savez pourquoi j'ai voulu devenir avocat ? Hein ? Parce que je voulais avoir mon mot à dire dans la tournure que prenait la société. S'il m'a fallu intégrer les Pirates —

— Les quoi ?

— C'est comme ça qu'ils se surnomment. Les Pirates du Pacifique. Certains d'entre eux faisaient partie d'une société secrète à Yale, les Skull and Bones —

— Oh, mon Dieu, a crié Trix. J'en ai déjà entendu parler. Je crois que trois de nos présidents ont été membres de cette société. Ils sont mêlés à tout un tas d'histoires de conspirations politiques, tu sais. » Elle s'est tournée vers moi. « Skull and Bones, ils ont pris part à un trafic d'opium, ils sont réputés pour être racistes et proesclavagistes, Mike. Plusieurs résidences du campus portent le nom de propriétaires d'esclaves. On va arriver dans cette soirée pour trouver trois petits Noirs sur le point de se faire violer.

— Ouais, ai-je répondu. Pourquoi es-tu si coopératif tout à coup, Brom ?

— Si vous faites quelque chose pour pousser les Pirates à perdre de leur influence, alors la jeune génération, la mienne, acquerra par défaut une plus grande mainmise sur la ville. Je vous aiderai autant que je le pourrai. »

Je lui ai souri. « Sale ver de terre minable.

— Attends ! est intervenue Trix. Laisse-moi réfléchir une seconde. »

Elle a scruté Brom. Il s'est agité sous son regard brûlant. Elle a relevé les yeux vers moi.

« Pourquoi t'appellerais pas simplement les flics, Mike ? Enfin, oui, je sais, les gens puissants, les intrigues politiques, les amis haut placés, je comprends tout ça. Mais pourquoi ne pas donner Brom en pâture aux flics pour qu'il leur livre toute l'histoire ? »

Brom s'est raclé la gorge. « Ces gens-là gèrent la législation de Los Angeles et —

— J'ai dit que j'avais compris, Brom. Mais les flics ne pourront pas ignorer l'aveu d'un avocat comme toi. Pourquoi ne pas le donner aux flics, Mike ? »

J'ai sorti une autre cigarette. J'ai utilisé une sorte de sculpture moderne comme cendrier, un truc à l'air plutôt cher. « Pas possible, Trix.

— À cause de ce que Brom a dit ?

— Parce qu'on perdrait le livre. On peut appeler les flics une fois qu'on est entrés. Si on le fait maintenant, le bouquin va disparaître en lieu sûr et on mettra jamais la main dessus. Et je veux en finir avec cette histoire.

— Mike, c'est dangereux. Pas pour nous. Ils vont coucher avec des gamins. Si on arrive trop tard, si on ne trouve pas de téléphone, si les flics ne nous écoutent pas… un truc affreux va leur arriver.

— Je sais. Le seul point qui joue en notre faveur, c'est qu'ils ne s'attendront pas à ce que quelqu'un s'incruste dans leur soirée privée et secrète. Il y aura une équipe de sécurité, mais les vigiles ne seront pas nombreux, parce qu'un effectif trop élevé attirerait l'attention. Et la dernière chose qu'ils veulent, c'est attirer l'attention.

— Mike, je ne crois pas que le livre soit franchement important, là.

— Si, il l'est. Pour moi, il l'est. Je veux me sortir de cette affaire, et le livre est mon ticket de sortie. Je commence à porter un regard nostalgique sur les niqueurs d'autruches, Trix. Aide-moi et tu ne me reverras plus jamais.

— Qu'est-ce qui te fait croire que j'ai plus envie de te revoir ?

— Tu me fais chier à propos de mon boulot et tu couches avec un esclavagiste blanc, c'est deux bons indices. Je suis détective, je te rappelle.

— Mike… a soupiré Trix en se penchant dans son fauteuil jusqu'à ce que sa tête touche ses genoux. Mike, je te l'ai répété, encore et encore. J'ai choisi de vivre ainsi. Ça ne devrait pas nous poser de problème.

— Ça me pose un problème, à moi. Et tu me considères déjà comme un monstre, parce que je veux rendre le livre à mon client. »

Elle m'a scruté d'un œil las. « Je m'en fous. Je veux juste qu'on en finisse, moi aussi. Tu m'épuises. Ça m'épuise.

— Ouais. » J'ai fait tomber ma cendre sur le tapis luxueux, un peu délibérément. « Brom. Je vais te détacher et tu vas me dessiner un petit plan des bureaux. Et tu vas me dire comment fonctionne la procédure d'entrée. Trix, tu vas te préparer. L'heure tourne. »

51

Après avoir fouillé cette maison ridiculement immense et avoir sans doute traversé un fuseau horaire, j'ai fini par trouver le bar de Brom. Un bar grandeur nature. À l'intérieur j'ai dégoté un whisky parsemé de toiles d'araignées et suffisamment vieux pour être la mère de Trix. Je m'en suis versé trois doigts et je me suis assis seul face au plan dessiné par Brom. Il n'était pas mal. Trop détaillé pour être inventé de toutes pièces. C'était un bâtiment récent, avait-il dit, de deux ans à peine, et il m'avait fait une bonne description des alentours. Assez bonne pour que je puisse inventer une combine remarquablement débile.

Deux ascenseurs desservaient les bureaux. Il avait noté les emplacements où il avait déjà pu voir des vigiles aux deux soirées précédentes. Le bureau paysagé était vidé et transformé en salle des fêtes. Le cabinet d'Islip en était bien éloigné. Il y aurait une série de portes verrouillées à vaincre, bien sûr, mais on apprend une chose, quand on est détective : à commettre des crimes. J'avais pris quelques accessoires dans la cuisine qui, une fois tordus et arrangés, pourraient servir d'outils pour crocheter une serrure.

Ces derniers jours avaient fait de moi un détective plus efficace. Ou un criminel plus efficace, au choix.

Arriver jusqu'à l'ascenseur. Monter dans la cabine sans être repéré. Entrer dans le bureau d'Islip sans être repéré. Le coffre-fort ne m'inquiétait pas. Je savais où il était et je n'ai jamais entendu parler d'un coffre-fort impossible à forcer. J'étais plus inquiet pour notre sortie. Si je devais blesser quelqu'un pour entrer, j'aurais moins de quinze minutes avant que l'alarme ne soit donnée. Et malgré ce que j'avais pu dire à Trix, je savais qu'appeler les flics ne résoudrait rien à l'affaire à moins que je me montre très créatif.

Le whisky frémissait dans mon verre. Ma main tremblait. J'ai avalé une dernière gorgée et j'ai placé le verre tête en bas sur la table la plus proche.

52

On a roulé jusqu'à Beverly Hills dans l'obscurité et la chaleur. L'ordi noir dans la poche de ma veste a cogné ma poitrine pendant tout le chemin. Je gardais le Ruger entre mes mains et mon esprit s'agitait furieusement. J'envisageais toutes les options et toutes les solutions possibles. Mon cœur battait la chamade et mes nerfs se tordaient sous le stress. Je grinçais des dents et je me suis obligé à me calmer. J'avais envie d'une cigarette. J'avais envie d'une clope et de pemmican, allez savoir pourquoi. J'avais lu tous les James Bond, quand j'étais gamin, et dans l'un d'eux, Bond prépare une infiltration en se cachant toute une nuit qu'il passe à fumer des cigarettes et à manger une tonne de pemmican. J'avais envie de cigarettes, de pemmican et je voulais être James Bond. Au lieu de ça, je transpirais à mort dans le coffre de voiture d'un avocat, en route vers Beverly Hills.

Brom a fini par ouvrir le hayon. Je me suis assis d'un coup. On était dans le parking souterrain, il faisait sombre et frais. Comme un gentil garçon, Brom s'était garé à mi-chemin des ascenseurs, occultés par plusieurs poteaux en ciment d'un blanc éclatant.

J'ai sorti les munitions de ma poche et j'ai chargé le Ruger. « Combien ? ai-je chuchoté.

— Un seul, près de l'ascenseur. Il y a des toilettes au coin, là-bas.

— Bien. Brom, quand le bordel commencera, et je te garantis qu'il va commencer bientôt, tu chopes Trix et vous vous barrez d'ici. C'est tout ce que tu as à faire. C'est clair ? »

Les engrenages ont commencé à tourner dans son cerveau. « Tu vas me laisser partir ?

— Fais sortir Trix de là et personne ne saura que tu étais impliqué dans l'affaire. Je suis désolé pour le coup sur le crâne mais j'étais un peu énervé. »

Brom a tendu la main. « Alors on est quittes ? »

Mon visage a dû changer net parce qu'il a soudain pâli. « Non, Brom, on n'est pas quittes. Je choisis de t'ignorer. Et si tu ne mets pas Trix à l'abri, tu ne vivras pas assez longtemps pour voir la fin de la semaine. C'est clair ? »

Il a remis sa main dans sa poche.

Je suis descendu de voiture. Trix attendait sur le siège passager, silencieuse.

« Contente-toi de rester en touche, lui ai-je dit. Et barre-toi quand tout se mettra à péter. Je te ferai parvenir l'argent d'ici deux jours.

— Je ne veux pas d'argent.

— Alors tu veux quoi ? »

Elle n'a pas répondu.

J'ai regardé autour de moi. On était seuls dans le parking.

« Allez, ai-je lâché. On va faire un truc très con. »

53

J'ai avancé dans le parking en me dissimulant dès que je le pouvais, tandis que Trix et Brom marchaient droit sur les ascenseurs – deux cabines côte à côte, adjacentes à une alcôve – et parlaient d'une voix forte, comme je leur avais demandé. L'agent de sécurité en uniforme n'était plus tout jeune mais semblait balèze. Il s'est montré déférent envers Brom et Trix, c'était une bonne chose. Il y a deux sortes de vigiles : celui qui pense travailler pour une société de sécurité et celui qui pense travailler pour les clients de cette société. Le premier est dur et alerte parce qu'il œuvre pour la réputation de la société. Le second se concentre sur les apparences afin de contenter le client. Ce mec se classait sans aucun doute dans la deuxième catégorie, j'avais donc une petite chance.

J'ai écouté sa voix alors qu'il discutait avec Brom et Trix en cochant leurs noms sur sa liste. Flegmatique, lent. Il a tripoté la radio fixée à son épaule et il a annoncé à l'agent situé à l'étage qu'un couple arrivait. Il les a accompagnés jusqu'à l'ascenseur et les a fait monter avant de faire demi-tour.

Les portes se sont refermées mais Brom et Trix ont dû me voir enfoncer mon pouce et mon index dans la gorge du vigile, puis écraser la crosse de mon arme à l'arrière de son crâne. Il a failli ignorer le premier coup d'un simple haussement d'épaules, mais il a haleté tandis que je le faisais taire. Au quatrième pain, il est tombé.

J'ai manqué me péter une côte en tirant ce con jusqu'aux toilettes. Je l'ai bâillonné avec une boule de PQ et sa propre cravate, puis je l'ai menotté à la cuvette avant de verrouiller le box de l'intérieur. J'ai fait remonter un peu de salive dans le fond de ma gorge et j'ai empoigné sa radio.

« Faut que j'aille aux chiottes. J'ai mangé un truc avarié. La liste est près de l'ascenseur – descends et couvre-moi pendant dix minutes. Faut que je te laisse, ça me fait super mal. » J'ai éteint l'appareil avant que quelqu'un ne réponde à l'autre bout, puis j'ai escaladé la paroi du box en emportant la liste.

Dehors, je l'ai déposée dans un coin pour que la personne qui sortirait soit forcée de s'éloigner de l'ascenseur, dos tourné à moi. Je me suis rué vers l'alcôve et j'ai attendu. Deux minutes se sont écoulées. J'étais sûr d'avoir merdé, quand l'ascenseur a émis une sonnerie et un vigile maigrichon en est sorti. Il a cherché la liste du regard. L'a repérée. S'est avancé. J'ai marché en silence vers l'ascenseur. Il s'est baissé pour ramasser le carnet. J'ai tendu la main vers le haut de la porte. J'y ai trouvé ce que je cherchais et, de mon index, je l'ai fait pivoter vers la droite. Je me suis glissé dans la cabine et j'ai appuyé sur le bouton pour fermer les portes, adossé à la paroi gauche de l'ascenseur.

Au-dessus de la porte, une caméra de sécurité filmait l'intérieur de la cabine. Une fois tournée vers la droite, elle ne captait plus que la moitié de l'espace. Je suis resté plaqué sur la gauche, où se trouvaient les boutons, et j'ai pressé le numéro 32.

Du sang maculait la crosse du Ruger. Je l'ai essuyé contre mon pantalon. Et j'ai baissé les yeux. Le sang m'était devenu banal. Ça ne me plaisait pas de devenir ainsi. J'ai pris une longue inspiration et j'ai essayé de me souvenir de qui j'étais, avant le début de toute cette affaire. Je me suis retrouvé, un peu.

L'ascenseur a sonné au trente-deuxième étage. Je suis sorti dans l'obscurité à pas de loup. Le bâtiment était, bien entendu, complètement vide.

J'avais mémorisé le plan de Brom. J'étais un étage en dessous de ce qu'il m'avait décrit et j'ai levé les yeux pour estimer les positions approximatives des objets au-dessus de ma tête.

C'était une construction flambant neuve. La qualité de la description de Brom m'avait donné une bonne idée d'ensemble. Les architectes des nouveaux bâtiments ont tendance à favoriser la flexibilité. Alors ils font construire des structures où ils accrochent des cloisons modulables et fixent les lambris avec de l'adhésif. Ça permet aux propriétaires de changer la disposition de leurs bureaux. J'ai entendu parler d'employés à des postes à hauts risques qui arrivaient au boulot un matin pour découvrir que leur box avait complètement disparu : des ouvriers étaient venus pendant la nuit pour démonter les parois et changer l'architecture intérieure.

Des plaques de plâtre et du plastique. Des faux plafonds. Des trucs qu'on peut casser et couper.

J'ai crocheté quelques serrures et j'ai circulé jusqu'à trouver des bureaux et des fauteuils. L'heure tournait dans ma tête. L'absence de mon vigile inconscient à la chiasse fantasmatique ne serait pas remarquée avant une dizaine de minutes. Sauf s'il se réveillait avant. Ça ne me laissait pas beaucoup de temps et les événements précédents m'avaient prouvé à quel point j'étais malchanceux. Œuvrant aussi silencieusement que possible sans perdre de temps, j'ai entassé fauteuils et chaises sur un bureau pour fabriquer une échelle de fortune, et je me suis approché du plafond. C'était un ensemble de fils de fer tissés et de plaques de plastique. Les plaques avaient été simplement posées. J'en ai soulevé une. Il y avait un espace, environ cinquante centimètres, entre le plafond et le sol de l'étage supérieur. Des câbles couraient çà et là. La poussière aurait étouffé tout un régiment. J'ai invoqué l'entité divine qui pourrait éventuellement me regarder en cet instant et j'ai prié pour que le métal supporte mon poids, puis je me suis hissé dans l'interstice.

Je me suis faufilé au-dessus des plaques de plastique en gardant mes mains, mes genoux et mes pieds sur les structures métalliques. L'ensemble a craqué et grogné un instant, mais a tenu bon. Bien. J'ai avancé dans cet espace comme le crabe le plus débile du monde et je me suis efforcé de garder une image précise du plan de Brom. J'ai fini par trouver l'endroit et je me suis retourné pour que mon dos soit soutenu par le métal. De la poche de ma veste, j'ai sorti le couteau le plus aiguisé que j'avais pu trouver dans la cuisine de Brom. Il m'avait fallu une bonne demi-heure, en cette fin d'après-midi, pour parcourir tout son outillage de cuisine scintillant et hors de prix, pour la plupart jamais encore utilisé. Il n'achetait que le top du top et possédait une magnifique collection d'objets tranchants faits main, d'une qualité qui aurait fait pâlir un samouraï. J'avais affûté la lame contre une pierre à aiguiser en céramique qu'il avait exposée dans sa cuisine sans jamais s'en servir, puis je l'avais testé sur diverses possessions de Brom. J'avais même réussi à faire une entaille d'un centimètre dans son bar en marbre.

Je l'ai enfoncé dans le sol de l'étage supérieur. Ça ne coupait pas vraiment comme dans du beurre. Je me suis agité sous la poignée du couteau, je l'ai saisie à deux mains et je l'ai poussée vers le haut, terrifié à l'idée que la pression me face traverser la structure métallique et m'écrase au sol.

La lame a traversé la paroi. J'ai scié aussi vite que je l'osais. Cette combine était à la fois intelligente et incroyablement idiote. Il y avait de grandes chances qu'un invité soit en train de regarder la lame monter et descendre dans le sol comme l'aileron d'un requin ivre.

En deux minutes – et, en cet instant précis, c'était deux minutes de trop –, j'avais découpé une trappe dans le sol du trente-troisième étage. J'ai dessiné une ligne diagonale, je me suis tortillé sur le métal et j'ai poussé. C'était dur. Sans cette entaille, le morceau aurait émis un lourd grincement. Mais il s'est plié le long de la diagonale et il a craqué. Craqué assez fort. Je me suis accroché aux côtés sectionnés du trou, me suis coupé la paume et je me suis hissé, en panique.

Personne. De la musique filtrait par une porte fermée, celle de sa salle d'attente du bureau d'Islip. Une autre porte menait à son cabinet. La musique avait dû couvrir le bruit du craquement. J'ai manqué éclater en sanglots à l'idée que j'avais enfin un peu de chance.

Sortir de cet espace poussiéreux, c'était comme m'extraire des sables mouvants. Je me suis rué vers la porte du cabinet et j'ai cherché d'éventuelles alarmes. Rien. À l'aide d'un autre outil piqué chez Brom, j'ai crocheté la serrure vieillotte en un tour de main. La porte s'est ouverte avec un cliquetis.

Le bureau d'Islip ressemblait à un vieux salon anglais, papier peint soyeux, peintures à l'huile dans des cadres plaqués or et représentant des militaires à cheval, fauteuils anciens à larges dossiers. Sur le mur derrière le bureau pendait un tableau, un portrait de pirate avec une barbe tellement drue qu'on aurait pu y perdre un chien et qui versait de l'huile bouillante sur ce qui me semblait être un groupe de percepteurs marins. Je l'ai décroché pour mettre au jour la porte du coffre-fort.

Et, bien sûr, il y avait une alarme. Sur le tableau.

54

J'ai inventé cinq nouveaux jurons en six secondes.

Je me suis précipité vers la porte que j'ai verrouillée et immobilisée en glissant une chaise sous la poignée. J'ai couru jusqu'au coffre-fort. Il était électronique. Brom m'avait parlé d'un engin ancien à cadran. Je me suis penché de côté pour observer le clavier numérique. Les touches les plus utilisées sont toujours plus sales que les autres. Mais ce putain de machin était neuf. Dans ma poche, j'avais un peu de talc que j'avais piqué dans la cuisine de Brom et que j'avais enveloppé dans un carré de papier sulfurisé. Je l'ai soufflé au-dessus du clavier, puis sur le clavier lui-même. Un, cinq, six et huit semblaient avoir accroché plus de poudre que les autres touches, elles étaient certainement plus collantes et donc plus souvent sollicitées. Du moins, je l'espérais.

On a tambouriné à la porte.

J'ai pianoté des variations de 1568. Il m'a fallu cinq ou six essais avant de remarquer la petite lueur rouge sur le côté du coffre.

VERROUILLAGE-ALARME.

Cette saloperie se bloquait à l'instant où l'alarme était déclenchée.

Avec les couinements du dispositif d'alerte, l'effet de surprise était un peu tombé à l'eau.

J'ai sorti le Ruger et j'ai tiré dans le coffre.

Dans cet espace confiné, le *blam* a été assourdissant. Les fenêtres ont vibré dans les chambranles. Le coffre a craché un jet d'étincelles et la lueur rouge de la LED s'est éteinte. J'avais collé l'énorme balle à l'endroit où le mécanisme de verrouillage devait se loger et, à contrecœur, la porte s'est entrouverte de deux centimètres. J'ai glissé le couteau de Brom dans la fente et m'en suis servi de levier, m'y appuyant de toutes mes forces.

J'ai entendu un craquement et la lame s'est brisée. La porte a cédé. Je l'ai ouverte aussi grand que possible et j'ai jeté un œil à l'intérieur, le cœur au bord des lèvres.

Le bouquin était là.

C'était le bon livre, obligé. Il était vieux. Grand, relié de cuir gris, de la moisissure verdissait ses coins.

Les coups à la porte du bureau se sont transformés en heurts violents. Quelqu'un s'y jetait de toutes ses forces.

J'ai attrapé le livre avec délicatesse et l'ai posé sur le bureau. À la seconde où il a touché la surface, ma tête s'est mise à tourner comme si j'avais fumé une latte d'un joint puissant. Je me suis secoué et j'ai ouvert le bouquin. La couverture a touché le bureau et le phénomène s'est produit à nouveau. J'ai senti mes yeux s'écarquiller, mon cerveau devenir plus léger et se concentrer.

J'ai sorti mon téléphone, j'ai trouvé le numéro que je cherchais et j'ai appuyé sur Composer.

« C'est McGill. Je suis sûr que vous savez où je suis. J'ai ce que vous voulez. Envoyez la cavalerie. Et je veux dire maintenant, pas d'ici cinq minutes.

— On est juste devant, a répondu la voix rauque que j'avais appris à détester. Dans trois minutes, Monsieur McGill. »

Trois minutes. Ce ne serait pas suffisant. Mais il fallait que je tente le coup.

J'ai sorti l'ordi de poche.

55

« Monsieur McGill », a fait la voix. Derrière la porte. Je me suis approché, le flingue entre les mains. « On est d'accord ?

— Bien sûr. Ouvrez la porte.

— Attendez. » J'ai extrait le crochet artisanal de la serrure, j'ai fait glisser la chaise en silence et j'ai reculé jusqu'au bureau. « Entrez. »

Le chef de cabinet est apparu dans l'embrasure, accompagné de deux agents. Il a fait deux pas en avant puis s'est immobilisé.

Je pressais le Ruger contre le livre.

« Qu'est-ce que vous faites donc là, Monsieur McGill ?

— C'est une assurance, ai-je répondu d'une voix plus calme que prévu. Attrapez l'ordi sur le bureau.

— Vous n'imaginez pas pouvoir me tirer dessus avant que mes hommes ne vous aient criblé de balles, Monsieur McGill. » Les deux agents des services secrets me braquaient d'un air calme et visaient mes yeux.

« Mon arme n'est pas pointée sur vous, Monsieur. Regardez-moi. C'est le livre, ma cible.

— Qu'est-ce que ça veut dire ?

— Le livre ne va pas vous être super utile avec cinq trous dedans. Ramassez l'ordi. Je ne vous rends pas le livre tant que l'argent n'a pas été transféré sur mon compte.

— C'est ridicule. Je suis le chef de cabinet de la Maison Blanche. Je ne mens jamais.

— Vos hommes ne m'atteindront pas avant que j'aie pu percer un trou dans ce livre. J'applique déjà la pression suffisante. Si je tousse, des balles viendront se loger dans ce bouquin. Elles détruiront les mots. Elles détruiront la merde qui se cache sous cette couverture. Il vous sera inutile. Et après la semaine que je viens de passer, ça m'est bien égal de savoir ce qui peut m'arriver ensuite.

— On a votre amie Trix, vous savez. Son copain l'avocat s'est enfui à l'instant où l'alarme s'est déclenchée.

— Ce n'est pas mon amie. C'est une personne avec qui je couchais jusqu'à ce qu'elle couche avec un autre. »

Il a étiré les lèvres en ce sourire affreux. « Oui, je suis au courant. Je vous avais prévenu. »

Je lui ai rendu son sourire. « Oui, c'est vrai. Prenez l'ordi.

— Très bien. Je vais le faire. Un travail bien fait, Monsieur McGill, contre toute attente. »

Il a empoigné l'appareil et ses longs doigts ont couru sur le clavier.

« Mike ? a fait une voix dehors.

— Faites-la entrer », a ordonné le chef de cabinet d'un air absent sans cesser de pianoter. Trix, l'air méchant, est passée de la salle d'attente au bureau.

« Alors, tu vas le faire.

— Tu parles que oui, je vais le faire. Et ça m'est foutrement égal que ça te déçoive.

— Bof, c'était une journée bien décevante. C'est pas comme si ta lâcheté me surprenait, Mike.

— Ouais, ben, la seule chose que j'ai apprise dans la vie, c'est qu'il y aura toujours de la place pour les surprises.

— C'est une excellente leçon pour clore cette journée, Monsieur McGill. » Le chef a souri. Il a posé l'ordi sur le bureau et l'a fait pivoter pour me montrer l'écran. « Un transfert de fonds complet et irrévocable, disponible immédiatement pour votre utilisation personnelle. Vous avez été digne de votre étrange réputation et de la foi que je plaçais en vous, Monsieur McGill. À présent, donnez-moi le livre, s'il vous plaît. »

J'ai gardé un œil sur les agents tandis que je posais lentement le Ruger sur le livre et que je reculais.

« Vous pouvez garder le flingue aussi, ai-je fait avec un sourire. J'en ai terminé. »

J'ai contourné le bureau et j'ai récupéré l'ordi. Le chef est passé de l'autre côté et a posé les mains avec respect sur le livre.

« J'ai terminé, ai-je conclu. On s'en va.

— Oui, oui, a-t-il répondu en agitant la main. Vous ne me reverrez jamais, Monsieur McGill. Sauf si vous assistez à l'une de nos réunions publiques. Ça pourrait vous être bénéfique. Ça rétablirait votre équilibre moral.

— Je vais bien, ai-je déclaré avant d'attraper Trix par le poignet. Amusez-vous bien. »

Je l'ai tirée hors du cabinet, on a traversé la salle d'attente jusqu'au bureau paysagé. Des hommes des services secrets grouillaient et encerclaient la plupart des invités. Au milieu de la pièce s'étaient massés trois ados latinos en costume blanc, visiblement effrayés. Les Men in Black nous ont fait signe de passer et j'ai attiré Trix vers les ascenseurs.

« Me touche pas, a-t-elle fait tandis que j'appuyais sur le bouton d'appel.

— S'il te plaît, Trix. Attends encore deux minutes et tu pourras faire ce que tu veux. Mais aide-moi un peu, là. »

Les deux ascenseurs ont sonné à quelques secondes d'intervalle.

« S'il te plaît, ai-je répété. Une dernière fois. Rien que pour nous. »

Le premier ascenseur était vide. J'y ai poussé Trix. Une seconde plus tard, l'autre cabine s'est ouverte. Des agents du LAPD en sont sortis en masse. Une marée d'hommes laids vêtus de bleu. Je me suis glissé à côté de Trix et j'ai appuyé sur le bouton du parking.

« C'est quoi ce bordel ? a crié Trix.

— J'ai appelé les flics.

— Mike ! »

56

« Qu'est-ce que tu as dit aux flics pour qu'ils rappliquent aussi vite ?

— Je leur ai dit qu'un homme armé braquait le coffre-fort de Frank Islip.

— Oh, mon Dieu. Et ils vont débarquer en plein milieu de —

— D'une soirée cul criminelle, où était invité le chef de cabinet de la Maison Blanche. »

Trix m'a dévisagé, bouche bée, yeux écarquillés. Je souriais de toutes mes dents, je le savais. C'était plus fort que moi. Si j'arrivais à passer les dix prochaines minutes sans encombre, sa simple réaction vaudrait toutes les emmerdes rencontrées jusque-là. Et ce n'était pas fini.

« Ça risque d'être intéressant quand les journalistes arriveront, tu crois pas ?

— T'as pas fait ça. T'aurais jamais pu. T'aurais pas pu y arriver.

— Tu vois, j'ai rencontré un mec très intéressant ce matin. Il te plairait, d'ailleurs. Zack Pickles. Il bosse dans le porno mais il fait ça pour obtenir des financements et développer le domaine qui le passionne vraiment : la circulation de l'information. C'est lui qui a appelé les journalistes pour moi. Mais c'est toi qui m'en as donné l'idée.

— Qu'est-ce que j'ai fait ?

— T'as téléchargé des photos depuis mon ordi de poche jusqu'à ton site, non ? J'ai farfouillé dans les fichiers pour regarder comment marchait cet appareil. Des pièces jointes dans des emails. Comme les photos que m'envoyaient mon ex et sa copine. Tu les colles dans un message et c'est envoyé. C'est ça qui m'y a fait penser.

— Qu'est-ce que tu as fait ? »

L'ascenseur a sonné et on est sortis. Brom avait disparu depuis longtemps, évidemment, alors on a marché jusqu'à la rampe d'accès et on est remontés dans la rue.

« Eh bien, il fallait que je donne le livre à ce connard. Je n'avais pas le choix. Mais son idée du Train de la Liberté, de rassembler les gens dans les mairies pour les exposer à ce putain de machin – et laisse-moi te dire que ce livre est franchement bizarre –, ça ne marcherait que si les gens ne savaient pas dans quoi on les attirait. C'est écrit dans le bouquin, sur les premières pages. Quelqu'un y a détaillé les procédures à suivre. Et le chef de cabinet n'allait pas se mettre en quatre pour avertir les gens. Ça ne faisait pas partie de son plan. »

On a émergé sur le trottoir. Je me suis arrêté, j'ai levé les yeux vers le ciel nocturne et j'ai pris une longue inspiration.

« Mike, si tu ne m'expliques pas ce que tu as fait, et si tu ne me l'expliques pas *illico*, je t'arrache ta camelote et —

— J'ai pris le bouquin en photo avec l'ordi portable, Trix. Il ne fait que dix pages. J'en ai photographié chaque page et je les ai téléchargées sur le site sécurisé de Zack Pickles. D'ici dix minutes, ces photos circuleront sur toute la Toile. Puisque tout le monde me répète qu'Internet et son contenu sont désormais mainstream… »

Oh, il était l'heure de fumer une cigarette, ça oui. Et c'était sans aucun doute la Cigarette de la Victoire. Je l'ai allumée et j'ai jeté le reste du paquet dans le caniveau.

« Ça ne sera d'aucune utilité à la Maison Blanche, si tout le monde sait ce qu'il y a dans ce bouquin et ce dont il est capable. Personne ne s'en approchera. Putain, même la Maison Blanche ne s'emmerdera pas à l'exhiber. C'est devenu une curiosité, une antiquité, un point de débat pour les spécialistes de la Constitution et pour les thésards en sciences-po. Son pouvoir est… désamorcé. Et j'ai quand même été payé, et ils ne peuvent plus récupérer l'argent. On a gagné. Mieux que gagné. On transpire la victoire. Mon Dieu, c'est plein de victoire. Etc. etc. »

Trix a jeté ses bras autour de mon cou et m'a embrassé. J'ai senti le stress quitter les muscles de mon dos pour la première fois de la journée.

« Mon Dieu, c'est plein de victoire ?

— Y a pas moyen que tu aies vu *2001, l'Odyssée de l'espace*, Trix, alors essaie pas de —

— Si, a-t-elle fait en souriant. Je l'ai vu. C'est juste que… je pensais que tu te contenterais de donner le livre et de prendre l'argent.

— Ouais, je sais. Et pourquoi tu pensais ça ? Parce que j'ai voulu que tu aies du mal à me faire confiance. Alors voilà comment ça va se jouer à partir de maintenant. »

Elle a arqué les sourcils. « Seigneur Dieu. C'est ça, ton Intonation Patriotique ?

— Tout à fait, et toi t'es qu'une femme, alors tu vas te taire pendant que je t'explique la vie. Tu te souviens comme tu as eu du mal à me faire confiance, aujourd'hui ? C'est ce que je ressens par rapport à ton affaire de maniaco-sexuelle, là. Mais je suis un homme, et je suis donc capable de changer, de faire des compromis. Voilà le deal. Tu peux coucher avec toutes les femmes que tu veux — »

Trix m'a frappé à la poitrine et a éclaté d'un rire incrédule. « Mais t'es vraiment un sale porc !

— Laisse-moi finir. Tu peux coucher avec toutes les femmes que tu veux. Tu peux coucher avec des femmes aux seins velus, tu peux coucher avec des skinheadettes en rangers qui fument des Gitanes sans filtre, tu peux coucher avec des femmes qui se font des injections de solution saline dans les parties. Mais pour le reste… »

Je me suis tu et je lui ai caressé la joue.

« … pour le reste : contente-toi de rentrer à la maison avant le matin, d'accord ? Fais ce que tu veux, ce dont tu as besoin. Mais retrouve-moi à la maison, avant le matin. Parce que je t'aime. »

57

Le premier appartement qu'on a loué ensemble avait été évacué après que son propriétaire, un éleveur de chiens, avait été battu à mort avec le cadavre d'un chihuahua. Au bout du troisième cambriolage, on a compris que les voleurs obstinés étaient en réalité un groupe de nécrophiles qui tentaient désespérément de récupérer les corps qu'ils avaient dissimulés dans les murs.

Mais tout allait bien.

REMERCIEMENTS

Je vais forcément oublier quelqu'un parce que je rédige ce texte dans un pub et que ma deadline pour cette page était il y a quatre jours. Alors, dans l'ordre où ils me viennent, tandis que je sirote mon troisième Red Bull :

Miss Wurzel Tod, l'inimitable Suzanne Gerber de Basel, la première personne à avoir prononcé les mots *Godzilla* et *bukkake* dans une même phrase. Susannah Breslin, de la Nouvelle-Orléans, et feu Leticia Blake de Los Angeles, dont les écrits (de la seconde) et les expériences (de la première) sur le commerce sexuel m'ont permis de donner matière à de nombreuses scènes. Le Dr Joshua Ellis (aucun lien) de Las Vegas, qui m'a donné l'inspiration pour l'un des décors.

Margo Eve de Virginie, la toute première Étudiante en Perversité. Lydia Wills de Manhattan, mon agent littéraire qui m'a fait chier jusqu'à ce que j'écrive les dix mille premiers mots de ce livre pour l'éloigner, et qui m'a fait la sale blague de les vendre en deux semaines. Toutes les erreurs factuelles dans cet ouvrage devront lui être imputées : pas parce qu'elle en est à l'origine, mais parce que ça m'amuse qu'il en soit ainsi. Mon agent cinéma, Angela Cheng Caplan à Hollywood, qui venait m'embêter dès que Lydia reprenait sa respiration. Xeni Jardin à Los Angeles et William Gibson à Vancouver, pour m'avoir aidé et apporté une véritable source d'inspiration.

Et à tous mes hôtes pendant ma tournée américaine de 2000, laquelle m'a permis de dessiner les décors de ce livre : New York, Columbus, San Antonio, Las Vegas et Los Angeles (je me suis aussi arrêté à San Francisco mais la fiction n'égalera jamais le surréalisme absolu de la Bay Area).

Si j'ai oublié quelqu'un, acceptez mes excuses et mes remerciements, et mettez ça sur le compte d'une sénilité précoce. Ou sur le compte de Lydia.

Warren Ellis,
Sud-est pluvieux de l'Angleterre
Mars 2007

PAPIER À BASE DE FIBRES CERTIFIÉES

Le Livre de Poche s'engage pour l'environnement en réduisant l'empreinte carbone de ses livres. Celle de cet exemplaire est de :
280 g éq. CO_2
Rendez-vous sur www.livredepoche-durable.fr

Composition réalisée par DATAGRAFIX

Achevé d'imprimer en décembre 2013 en France par
CPI BRODARD ET TAUPIN
La Flèche (Sarthe)
N° d'impression : 3003216
Dépôt légal 1re publication : janvier 2014
LIBRAIRIE GÉNÉRALE FRANÇAISE
31, rue de Fleurus – 75278 Paris Cedex 06

31/7891/0